犹贤博弈斋的灯影

——陈　武　著——

回望
朱自清

古吴轩出版社

中国·苏州

图书在版编目（CIP）数据

犹贤博弈斋的灯影 / 陈武著 . — 苏州：古吴轩出版社，2018.8（2022.1 重印）
（回望朱自清）
ISBN 978-7-5546-0522-6

Ⅰ . ①犹… Ⅱ . ①陈… Ⅲ . ①朱自清（1898—1948）— 文学研究
Ⅳ . ① I206.6

中国版本图书馆 CIP 数据核字（2018）第 162820 号

责任编辑：蒋丽华
见习编辑：顾　熙
策　　划：罗路晗
封面题签：葛丽萍
装帧设计：鸿儒文轩·书心瞬意

书　　名：犹贤博弈斋的灯影
丛书主编：陈　武
著　　者：陈　武
出版发行：古吴轩出版社
　　　　　地址：苏州市八达街 118 号苏州新闻大厦 30F　邮编：215123
　　　　　电话：0512-65233679　　　　　　　传真：0512-65220750
出 版 人：尹剑峰
印　　刷：三河市华东印刷有限公司
开　　本：787×1092　1/32
印　　张：5.5
版　　次：2018 年 8 月第 1 版
印　　次：2022 年 1 月第 2 次印刷
书　　号：ISBN 978-7-5546-0522-6
定　　价：35.00 元

如有印装质量问题，请与印刷厂联系。电话：010-85717689

前言

  朱自清的第一本集子，是他和周作人等人的八人新诗合集《雪朝》，1922年6月由商务印书馆出版，收入他最早的十九首新诗。此后，他陆续出版了《踪迹》《背影》等十余种集子，另有两种古典诗集《敝帚集》和《犹贤博弈斋诗钞》，虽然在他生前已经编好，但因他过早逝世而没来得及出版。

  今年，是朱自清先生诞辰120周年，也是他逝世70周年。在这个值得纪念的年份里，我们策划了一套朱自清"自编文集"，包括他生前亲手编订的书籍十二种，《踪迹》《背影》《你我》《经典常谈》《欧游杂记》（附《伦敦杂记》）《语文零拾》《标准与尺度》《诗言志辨》《新诗杂话》《论雅俗共赏》《语文影及其它》《犹贤博弈斋诗钞》等。朱自清早年的多人新诗合集《雪朝》因为量少没有单独整理出版，另外还有类似于教学教案的《国文教学》《精读指导举隅》《略读指导举隅》（三本书均与叶圣陶合作），因不是完全创作，也没有收入。他亲手编订而未及出版的《敝帚集》和自印本教学讲义《中国歌谣》，这次也忍痛割爱了。关于古典诗词，我们这次选了《犹贤博弈斋诗钞》作为代表。至于《中国歌谣》，一是太专，二是一本未完稿（后四章缺失），也没有收入"自编文集"的套系里。关于《中国歌谣》，这是朱自清早年在清华大学开设的一门新课，据浦江清先生回忆，这门课是从1929年开始讲授的，"在当时保守的中国文学系学程表上显得突出而新鲜，很能引起学生的兴味"（《〈中国歌谣〉跋记》）。朱自清开始时把讲稿编成《歌谣发凡》，并油印成册，内容分为四章，分别为《歌谣释名》《歌谣的起源与发展》《歌谣的分类》《歌谣的结构》。到了1931年，又增补了两章，分别为《歌谣的历史》《歌谣的修辞》，作为《歌谣发凡》的第三章和第六章，改书名为《中国歌谣》，印了铅印本。据浦江清在《〈中国歌谣〉跋记》里说："他的计划一共要编写十章，后面四章，初具纲目，搜罗了材料，没有完成。这是部有系统的著作，材料通乎古今，也吸取外国学者的理论，别人没有这样做过，可惜没有写成。"浦江清的这篇《跋记》，是为作家出版社出版的《中国歌谣》而专门写的，写作日期是1950年6月，该书出版已经到了1957年9月了。浦先生在《跋记》中，对朱自清这本专著给予了极高的评价，认为他"知识广博""用心细密"。我们在"自编文集"中，没有把《敝帚集》和《中国歌谣》两书收入重编出版，自然是一大憾事了。

我读朱自清的文章，最先也是从他的散文、随笔读起，然后才是诗歌、古典诗词、论文和学术专著。进一步了解朱自清，则缘于一本《朱自清研究资料》。这书中收各种怀念朱自清的文章三四十篇，有论创作的，有论学术的，有回忆交谊经过的，还别具一格地选了几篇朱自清自己的文章和诗词。这本书是北京师范大学出版社1981年8月出版的，当时我喜欢这本书，还另有几个原因：一是该书的序是由朱自清的夫人陈竹隐撰写，由此推测，这本书也应该是得到陈竹隐的肯定的；二是题签者是北师大著名教授启功先生，启功的书法别有特色无须赘言，蓝色封面上钤盖的启功白文篆印却是特别高古雅致；三是附有"朱自清研究资料索引"，可以让研究朱自清的学者和爱好者"按图索骥"；四是收了李广田的《朱自清先生传略》和《朱自清先生年谱》这两篇文章，可大致了解朱自清一生的思想演进和行旅踪迹；五是收了朱金顺先生整理的朱自清作品目录，这份目录，分著作集、文集和遗集三部分。每次翻开这本书，目光都要在目录部分停留很久，会想着朱自清当年编辑这些书稿时的情景，想象着他回望自己大量作品时，思考着如何取舍的点点滴滴，不由得心生感佩之情。连带地想着，如有机会，把朱自清的自编文集重编一次，领略一下不一样的阅读旅程，一定别有趣味。这个想法，止庵先生率先实践了，他在2000—2001年，历时数月，把周作人的自编文集重新校订编过，由河北教育出版社于2002年陆续出版。我在阅读止庵花费大量心血校订的这套文集时，再一次想到乡前辈朱自清先生的自编文集。没想到，若干年以后，我能有机会对朱自清当年的自编文集做认真的打量和重读，并动手校订，把校订中的心得写成了十二篇"关于"系列的《编后记》。

古吴轩出版社要出版"回望朱自清"的系列丛书，为"朱自清自编文集"写的这些《编后记》，有机会编一本小册子加入，真是一件开心的事。此外，还把编辑"朱自清自编文集"时写作的一篇《朱自清和鲁迅》，作为副产品，和另外两篇关于朱自清的小书的《代后记》、《题记》一并编入。

《背影》是朱自清一篇著名的散文，用白描而抒情的手法，写出了真挚的人间情感，多年以来，让无数人感佩、感怀。朱自清一生留给我们的文化遗产，又何尝不是他的"背影"呢？正是他感人至深的"背影"，让我们铭记在心，并长久地润泽着我们的心灵。而他读书写作的书房犹贤博弈斋的灯，一直还亮着，灯光下，朱自清伏案写作的身影也一直还在。

2018年4月9日于海州秀逸苏杭掬云居南窗书灯下

目录

编　外

踪迹

　　《踪迹》全书大约编于1924年6月间。做出这种推断的原因是，朱自清在这年的5月28日所作的新诗《风尘——兼赠F君》，收入了《踪迹》一书中。而到了7月2日，他和方光焘一起从上海前往南京参加在东南大学召开的中华教育改进社第三届年会期间的所见所闻，写成的一篇《旅行杂记》，没有收入《踪迹》，而收进了此后编辑的《背影》一书中。从7月2日开始，此后创作的所有作品，《踪迹》里都不再有其踪影。

　　《踪迹》是一部诗文合集。在此书出版之前，朱自清和周作人、俞平伯、徐玉诺、郭绍虞、叶圣陶、刘延陵、郑振铎等八人的诗歌合集《雪朝》，作为"文学研究会丛书"第九种，由商务印书馆出版。该书第一集就是朱自清的作品，共收新诗十九首，是朱自清早期诗作的代表作。朱自清是从1919年2月末开始新诗创作的，当时是受同室室友的一幅画作的触动，有感而发地创作了《睡吧，小小的人》，并把这首诗投给了《时事新报》，于这年的12月11日发表了出来。其实朱自清尝试文学写作更早，据他在《关于写作答问》中回忆说："中学时代曾写过一篇《聊斋志异》式的山大王的故事，词藻和组织大约还模仿林译小说，得八千字。写成寄于《小说月报》被退回。稿子早已失去。那时还集合了些朋友在扬州办了个《小说日报》，都是文言，有光纸油印，只出了三天就停了。自己在上面写过一篇《龙钟人语》，大概是个侠客的故事，父亲讲给我听的。"朱自清到了北大上学之后，受到新文学运动的启蒙，对新诗感了兴趣，特别是《睡吧，小小的人》的成功，增强了他新诗创作的信心，1919年11月14日，又写作了新诗《小鸟》，此后便一发而不可收，在大学毕业前，创作了新诗十余首，部分作品发表在《晨报》《北京大学学生周刊》《时事新报·学灯》《新潮》等报刊上，还因此加入了北京大学的新文化社团新潮社。新潮社时期的朱自清，"有一个和平中正的性格，他从来不用猛烈刺激的言词，也从来没有感情冲动的语调……他的这种性格，近乎少年老成，但有他在，对于事业的成功有实际的裨益，对于纷岐的异见有调和的作用"（孙伏园《悼佩弦》）。

1920年5月大学毕业后，朱自清在新诗写作和文学翻译外，也尝试小说和散文的写作。我试着把《踪迹》的创作过程，分作两个阶段来谈。

从1920年5月到1922年5月，为第一阶段。在这短短两年的时间里，朱自清发表了翻译作品《异样的人》《源头》、杂论《自治底意义》《奖券热》《憎》《教育经费独立》《离婚问题与将来的人生》《中学生的学生生活》、短篇小说《新年的故事》《别》、评论《民众文学谈》《短诗与长诗》《读〈湖畔〉诗集》、散文《〈越声〉发刊词》《歌声》《佚名〈冬天〉跋》《〈冬夜〉序》《〈蕙的风〉序》等，但写作最多、用力最多的还是诗歌，粗略统计一下，约有三十首，除一部分收入八人诗集中，余下大多收入《踪迹》里了。在这两年多时间里，朱自清做了充足的文学准备，从写作方面来说，他做了多种文体的尝试，特别还创作了两篇小说《新年的故事》和《别》。前者以第一人称，描写了一个叫"宝宝"的幼童，在过新年时期的所见所闻；而后者描写了一个小学老师和他的妻子因生活所迫，刚刚相聚又不得不分手的故事，小说情感真挚，笔触委婉细腻，是一篇成熟的小说，发表在当时影响很大的《小说月报》第十二卷第七号上，不久又被收入"文学研究会丛书"第五种《小说汇刊》里，由商务印书馆于 1922 年 5 月出版。这篇小说一经发表和汇编后，就受到同行们的关注，茅盾在《评〈小说汇刊〉》一文中说："就我看来，《别》是一篇极好的小说，但一般人或许要说他'平淡'。"陈炜谟说得更直接一些，他在《读〈小说汇刊〉》中认为："他这篇《别》如他的诗一样，初看起来似乎平淡，但仔细咀嚼，就像吃橄榄一样，觉得有味了。他的悲哀，虽是天鹅绒样的悲哀，但在这世界人类没有绝灭以前，如雁冰先生所说，总不会灭掉的。"王平陵是亲眼看到过朱自清修改这篇小说的人，他在《三十年文坛沧桑录》里写道："……他的《别》在民九的初秋动笔，写完初稿后，隔了一些时候，取出看一遍，改动一下；再隔了好久，又仔细研究，修改。他常说：'时间是大公无私的批评家，凡经得起时间来淘汰的作品，发表出来，自己可以放心些。'那篇小说，仅七千多字，直到十月才算定稿。"从作者在《别》后的落款日期看，并不是"民九"的"十月"定稿，而是"民十"即 1921 年 5 月 5 日才写毕。在尝试各种文体写作而外，在这两年里，朱自清还结识了当时新文学创作界的多位重要人物，如俞平伯、叶圣陶、郑振铎、茅盾等，并成为终生好友。俞平伯曾这样回忆他和朱自清的最初交往："在杭州时，我开始做新诗，朱先生也正开始做，他认为我的资格比他老，拿他做的新诗给我看，他把他的诗名为'不可集'，用《论语》'是知其不可而为之欤'的意思，近似适之先生《尝试集》的含意。这个集名还是没有用，但我们的关系却一天一天的深了。"（《朱自清先生的治学与做人——俞平伯先生访问记》，萧离著）为什么朱自清的年龄比俞平伯的大，还要认为俞平伯的"资格比他老"呢？这一方面是因为朱自清谦虚；另一方面，在北大，俞比朱高一届，发表作品，俞也更早一些。俞平伯所说的"在杭州"，即1920年秋季俞平伯和朱自清同在杭州浙江省立第一师范学校做老师时。因二人既是同事，又是不同届的同学，同时还都是新潮社的社员，同在《新潮》上发表作品，因此相谈极为投机，从此成为好友。朱自清与叶圣陶的认识始于1921年9月的中国公学，朱自清在《我所见的叶圣陶》里，回忆了和叶初次见面的情形：刘延陵"和我说：'叶圣陶也在这儿。'我们都念过圣陶的小说，所以他这样告我。我好奇地问道：'怎样一个人？'出乎我的意外，他回答我：'一位老先生哩。'但是延陵和我去访问圣陶的时候，我觉得他的年纪并不老，只那朴实的眼色和沉默的风度与我们平日所想象的苏州少年文人叶圣陶不甚符合罢了"。同样是因为共同的文学理想，又因为性格相近，二人成为好朋友。又因为叶圣陶，朱自清很快结识了郑振铎、茅盾等人。那几年，无论朱自清多么忙（在江浙一带的中学教书），朱自清都不会放过和他们相聚的机会，他们谈论创作，商讨集社，商量出版杂志。这些活动，为朱自清的创作和在创作界的地位打下了很好的基础。1921年4月，朱自清加入了文学研究会。1922年1月10日，朱自清和鲁迅、周作人、沈雁冰、叶圣陶、许地山、王统照、冰心、庐隐等十七人被《小说月报》聘为"本刊特约文稿担任者"。朱自清还积极参与创办《诗》月刊，他在《选诗杂记》一文中说："《诗》月刊怕早被人忘了。这是刘延陵、俞平伯、圣陶和我几个人办的；承左舜生先生的帮助，中华书局给我们印行了。"在这两年的创作里，《匆匆》要在这里重点谈一谈。这是朱自清创作的一首"散诗"，带有一些试验的性质。在创作这首"散诗"的前两日，朱自清给好友俞平伯写了一封信，信中说"略略翻阅"康白情的诗集《草儿》后，联想到自己的创作："日来颇自惭愧。觉得自己情绪终觉狭小，浅薄，所以常要借重技巧，这真是极不正当的事！想想，很为灰心，拟作之稿，几乎想要搁笔——但因

'敝帚自珍'底习气，终于决定续写了！以后颇想做些事业，抉发那情绪的错，因为只有狭小的情绪，实在辜负了我的生活了！"又说："日来时时念旧，殊低徊不能自已。明知无聊，但难排遣'回想上的惋惜'，正是不能自克的事。因了这惋惜的情怀，引起时日不可留之感。我想将这宗心绪写成一诗，名曰《匆匆》。本想写散文诗，故写得颇长。但音节词句太弛缓了，或者竟不是诗也未可知。待写完后再行抄寄兄看。"这两段议论，既显现出朱自清要做一番事业的大家气象，也预告了要写作《匆匆》的动机。两天后的3月28日，朱自清在感叹时光飞逝的情绪中，完成了散文诗《匆匆》。《匆匆》发表以后，朱自清又给俞平伯去信，谈到了这首"散诗"：

　　《匆匆》已载《文学旬刊》，兄当已见着。觉可称得散文"诗"否？我于那篇大作当惬意，但恐太散文了！兄作散文诗，说是终于失败，倘不是客气话，那必是因兄作太诗而不散文，我的作恐也失败，但失败的方向正与兄反，兄谓何如？

　　圣陶来信，说现在短诗盛行，几乎有作必短诗，他有些疑惑。"以前并不见有这些东西。一受影响，而所得感兴，恰皆适宜于短诗，似乎没有这么巧。若先存了体裁的观念，而以感兴凑上去，则短诗便是'五律''七绝'了。"他的话很有道理。我想现在有些人或因为"短"而作短诗，贪便宜而做它。这种作品必没有集中的力量。但因受了影响，本能有许多感兴无适当的诗形表现的，可得了发泄的路子，这也许也是近来短诗盛行底一种原因。究竟由于那种原因的多，我可也难说明，兄谓如何？

我的《匆匆》，一面因困情思繁复，散较为适当，但也有试着散诗的意思。兄看我那篇有力竭铺张底痕迹否？

受到叶圣陶来信的影响，朱自清很快动手写作了诗论《长诗与短诗》，并发表于1922年4月15日出版的《诗》第一卷第四号上，对叶圣陶信中的忧虑公开回复，针对诗坛短诗泛滥，而长诗奇缺的现状，具体分析了长诗和短诗各自的艺术特点，鼓励诗人以丰富的生活和强大的力量多写长诗。这篇诗论另一个意义，是进一步触发了朱自清的思考，为以后的长诗《毁灭》做了铺垫。

以上是《踪迹》全书创作的第一个阶段。第二阶段为1922年6月至1924年6月《踪迹》编定时，也是恰好两年。如果说，第一阶段的重要作品是《匆匆》的话，第二阶段就是《毁灭》和《桨声灯影里的秦淮河》了。先来说《毁灭》。1922年6月，《雪朝》出版后，朱自清和俞平伯、郑振铎等朋友在杭州游玩，在美丽的西子湖畔畅游三天的朱自清，没有陶醉在湖光山色中，反而陷入了更深层次的思考，加上对长诗短诗已有了自己的判断和评论，由此触发长诗《毁灭》的写作。在《毁灭》诗序中，朱自清说："六月间在杭州。因湖上三夜的畅游，教我觉得飘飘然如轻烟，如浮云，丝毫立不定脚跟。当时颇以诱惑的纠缠为苦，而亟亟求毁灭。情思既涌，心想留些痕迹。但人事忙忙，总难下笔。暑假回家，却写了一节；但时日迁移，兴致已不及从前好了。九月间到此，续写成初稿；相隔更久，意态又差。直到今日，才算写定，自然是没劲儿的！所幸心境还不会大变，当日情怀，还能竭力追摹，不至很有出入；姑存此稿，以备自己的印证。"1923年3月10日，《小说月报》第十四卷第三号发表后，还由此引发了关于"人生"的讨论，许多人都纷纷撰写文章。4月10日，朱自清也参与了讨论，在信中说："我们不必谈生之苦闷，只本本分分做一个寻常人罢。……这种既不执着，也不绝灭的中性人生观，大约为我们所共信。于是赞颂与诅咒杂作，自抑与自尊互乘，仿佛已成为没旨气、没趣味的人了。其实我们自省也还不至于如此。但在行为上既表现不出来，说得好一点是'和光同尘'，说得不客气些，简直是'同流合污'了。我们虽不介意于傥来的毁誉，但这样的一年一年的漂泊着，即不为没出息，也可以算得没味了。如何能使来年来月来日的生活，比今年今月今日有味些？这便是目下的大问题。"这时候的俞平伯，《红楼梦辨》已经由上海亚东图书馆出版，继续写作诗集《忆》里的部分篇章。在收到朱自清的信后，也开始思索，一向温和的俞平伯，是这样评论《毁灭》的："从诗史而观，所谓变迁，所谓革命，决不仅是——也不必是推倒从前的坛坫，打破从前的桎梏；最主要的是建竖新的旗帜，开辟新的疆土，越乎前人而与之代兴。"俞平伯还认为，朱自清的《毁灭》，即以技术而论，"在诗坛上，亦占有很高的位置，我们可以说，这诗的风格意境音调是能在中国古代传统的一切诗词以外，另标一帜的"。这时候的朱自清和俞平伯，可谓双星闪耀，在文学的各个领域施展自己的才华，颇有相互追赶的意思。就在《毁灭》发表不久后，朱自清文学创作中的重要作品之一《笑的历史》，于 1923 年 4 月 28 日杀青。这篇小说，可以说是"人生"问题探讨的一个延伸，只是由诗而小说罢了。小说是以他爱人武钟谦为原型，用第一人称"我"，来讲述一个原本爱笑的善良女性，出嫁后遇到的种种烦恼，以笑为主线，由原来爱笑而不敢笑，最后不愿笑以至于厌恶笑的情感历程。小说描写的"我"的不少境遇，和他的散文《给亡妇》里武钟谦所受的委屈多有相似之处，让人读来唏嘘。朱自清由《匆匆》引发的关于时光飞逝而牵连出的关于人生哲学的讨论，历时近一年。其间虽然经历杭州至台州至温州的迁徙和颠簸，人该有怎样的"人生"一直都是朱自清思索的重要问题，创作上也基本围绕这一主题展开，从《毁灭》到《笑的历史》，所探讨的都是关于人该有怎样的人生。

1923 年 7 月末，朱自清和俞平伯一起利用暑假同游南京，在南京各处游览，临分手的时候，两人相约，各以"桨声灯影里的秦淮河"为题写一篇散文。1923 年 10 月 11 日，朱自清写毕散文《桨声灯影里的秦淮河》，这篇文章和俞平伯的同题散文，是现代文史上的佳话。《温州的踪迹》是分四部分以独立的文章形式写出来的：第一部分《月朦胧，鸟朦胧，卷帘海棠红》写于 1924 年 2 月 1 日；第二部分《绿》写于这年的 2 月 8 日；第三部分《白水漈》写于这年的 3 月 16 日；第四部分《生命的价值——七毛钱》写于这年的 4 月 9 日。四部分文章都分别单独发表过。《航船中的文明》写于 1924 年 5 月 3 日。最后补说一下下辑是散文《歌声》，该篇写于 1921 年 11 月 3 日。《踪迹》里所收的新诗，除了部分收进《雪朝》里，其他写于 1924 年 6 月之前的新诗，全数收进集子里了。

《踪迹》分为两辑，上辑是新创作的新诗，下辑是新创作的散文。书名来源于《温州的踪迹》。从《踪迹》里，我们也能感受到朱自清创作路上的"踪迹"，除了第二辑里的四篇散文取材全部来源于奔波的旅行中的感想而外，部分诗作也同样和"踪迹"密不可分，比如《沪杭道上的暮》《笑声》《灯光》《独自》等,《复活》也是写于海门至上海的船中。

2018 年 3 月 30 日写于燕郊

背影

　　《背影》收入作者散文15篇，初版于1928年10月，出版者为上海开明书店。到1949年，再版了十余次。

　　该书共分为甲、乙两辑。甲辑收散文12篇，乙辑只有3篇。无论是以篇数还是以字数算，都不够等量。或许正如作者所说，是"风格有些不同"吧。但乙辑3篇里有2篇是旅行中的杂记，而另一篇又可归小品文一类。此种分法，因为2篇更显单薄，3篇或可成册吧。

　　甲辑第一篇《女人》写于1925年2月15日，朱自清还在上虞白马湖春晖中学教书。此时，他和俞平伯编辑出版的《我们的七月》由上海亚东图书馆出版后，受到读者和朋友们的积极好评，他和俞平伯也信心满满，正准备再接再厉编写《我们的六月》。其实这两本带有期刊性质的书，内容均出自朱、俞二人之手。对朱自清来说，或许正是《我们的七月》出版成功，又经常去上海，和叶圣陶、沈雁冰、胡愈之、周予同、郑振铎、王伯祥、俞平伯等人交谊日深，加上春晖中学闹了风潮，使他萌生了换个职业的想法。他在1925年1月30日给俞平伯的信中说："我颇想脱离教育界，在商务觅一事，不知如何？也想到北京去……如有相当机会，尚且为我留意。"《女人》的写作，虽然与他想"脱离教育界"没有什么关系，但要想到"商务"或得到"相当"的机会，必须要创作更多的作品才有说服力。该文以一个叫白水的人的口吻，叙述了对于女性的感受和欣赏，文笔细腻、温婉，分析、议论都具有相当的说服力。《白种人——上帝的骄子》写于1925年6月19日，是写上一年的暑假在上海电车上受到白人儿童轻蔑的事。此事虽小，对他的刺激却很大，白人骨子里轻视中国人的嘴脸跃然纸上。这篇文章也是有背景的，就在5月30日，上海发生了"五卅惨案"，英租界的巡捕开枪打死打伤了数十位参与抗议游行的中国工人和学生。因新闻传播闭塞，6月1日朱自清才听到惨案的消息，这让他十分震惊，直到多年后在写《你我》的《自序》时，还称惨案是"惊天动地"的大事件。惨案发生后不久的6月10日，朱自清的心情还不能平静，挥笔写作了新诗《血歌——为五卅惨剧作》，诗中对帝国主义者屠杀中国人民的暴行表示了极大的愤慨，号召同胞起来抗争。所以，"去年暑假"发生在电车上的这件小事，才又涌上他的心头。《背影》写于1925年10月，朱自清从白马湖畔来到清华大学教书约有两个月了。已经有两年多不曾见面的父亲得知他"北来后"，给他写了一封信，信中述说了自己的病情，有"大约大去之期不远矣"的感叹，这才勾起他对父亲的怀念，牵连地想起七八年前，他还在北京大学读书时，祖母去世，父亲的差使也丢了，他来到徐州和父亲一起回家奔丧的往事。《阿河》写于1926年1月，此篇和《女人》略有联系，《阿河》中的"我"是一位姓白的老师，而《女人》中的讲故事人白水，也出现在该文中。朱自清在序言中所说的"其中有两篇，也许有些像小说"，就是指《阿河》和《飘零》。如果把《阿河》当作小说来读，这是一篇非常成功的小说，作者描写了一个年轻美丽、性格鲜明的女佣阿河，为了抗争不幸福的婚姻而追求幸福生活的故事。文中对乡村别墅周围环境的描写，"我"被阿河的美丽所吸引的大量的心理描写，都堪称杰作。《哀韦杰三君》写于1926年4月2日。韦杰三是清华学校大学部的学生，在"三一八"惨案中连中四弹不治而亡。

朱自清在文中回忆了和韦杰三的交往过程，感情真挚动人。1926年暑假期间，朱自清从北京回到上虞白马湖畔度夏，7月20日写作了《飘零》，这一篇带有意识流和现代派的风格，虽然文中的"W"是指汪敬熙，有散文的元素，但当作小说来读似乎更有味。在暑假里，他又接连写作了两篇关于白采的文章，一篇是8月27日完稿的书评《〈白采的诗〉（赢疾者的爱）》，另一篇就是收在《背影》里的《白采》。写作《白采》时，假期即将结束，朱自清于8月29日到达上海，住在立达学院，并和叶圣陶见了面。第二天，朱自清赴消闲别墅，参加一场盛大晚宴，同席的有鲁迅、郑振铎、刘大白、夏丏尊、陈望道、沈雁冰、胡愈之、叶圣陶、王伯祥、周予同、章锡琛、刘熏宇、周建人等，据王伯祥日记记载："公宴鲁迅于消闲别墅，兼为佩弦钱行。佩弦昨由白马湖来，明后日将北行也。"由此推测，《白采》写作时间应在29日晚间和30日、31日。和《白采》相关的，是《〈梅花〉后记》。从《白采》一文中，我们得知，其一，白采和《梅花》的作者李芳也是熟悉的，并且知道李芳已经将诗集交给朱自清删改了。其二，白采并不知道朱自清的地址，却知道俞平伯的通联方式，才请俞平伯转信。其三，白采写小说《作诗的儿子》，一是悼念好友，二是用来"讥讽"朱自清的。其四,朱自清虽然致白采一封长信,却没能得到白采的谅解或理解,只说了几句"半冷半热的话"。也正是有了这些元素,朱自清才在上海,把《白采》赶了出来。同时,朱自清也记挂着《梅花》,而且一直念念不忘。到了1928年,因了他和开明书店的关系,《梅花》才得以在该书店出版,朱自清这才有机会写成《〈梅花〉后记》。虽然《梅花》找到了归宿,朱自清的心情却并不轻松,"倒像有几分秋意似的"。值得一说的是,夏丏尊、俞平伯等人均写过关于白采的文章。俞平伯的《与白采书》,文中还称赞白采的诗是"近来诗坛中杰作之一"。《荷塘月色》写于1927年7月,正值暑假。朱自清是在这年的1月中旬,由北京去白马湖的。1月24日,将家一分为二,把迈先、逖先交祖母带回扬州,自己和夫人带采芷、闰生北上,先住在清华园西院16号。到了这年的6月、7月间,国内政局不稳,学校提前放暑假,朱自清在接连写了几首拟古词之后,感情受到政局的触动,写作了《荷塘月色》,借环境渲染,表达了对政局变幻的担忧。同样的担忧,在散文《一封信》里也有流露,而且连续多天没有走出这样的情绪。到了1928年2月7日,在书信体散文《那里走——呈萍郢火栗四君》里,经过彷徨后痛苦的思索,确立了自己的生活准则:"我在 Petty Bourgeoisie 里活了三十年，我的情调、嗜好、思想、伦理与行为的方式，在在都是 Petty Bourgeoisie 的；我彻头彻尾，沦肌浃髓是 Petty Bourgeoisie 的。离开了 Petty Bourgeoisie，我没有血与肉。……我既不能参加革命或反革命，总得找一个依据，才可姑作安心地过日子。我是想找一件事，钻了进去，消磨了这一生。我终于在国学里找着了一个题目，开始像小儿的学步。"由此，朱自清遁入了书斋，开始他的学问人生。《怀魏握青君》写于 1928 年 5 月 25 日，对魏握青特立独行的性格做了细致的描写。《儿女》写于 1928 年 6 月 24 日。这年的 1 月 11 日，朱自清的三女儿朱效武（《儿女》中的阿毛）出生于北京，家中孩子多达五个，其乐融融的大家庭和孩子们稚拙可爱的种种情态给他带来辛苦也带来快乐，字里行间透出浓浓的喜嗔忧乐和父子亲情。

乙辑里的三篇，第一篇《旅行杂记》写作年代最早，文分三节，前两节大约写于 1924 年 7 月上旬，7 月 14 日和 8 月 11 日分两次在《时事新报》副刊《文学》周报第 130 期和 134 期上发表，未续完，发表时署名 P.S.。到了这年的 11 月 10 日，又写作第三节《第三人称》。《海行杂记》是朱自清在 1926 年 6 月 29 日由天津乘通州海轮回白马湖度夏时在船上的遭遇和见闻，述说了茶房的势利和"行路难"的感受。《说梦》一文写于1925年10月。该文的写作，我一直以为是受俞平伯发表在《我们的六月》上的《芝田留梦记》《芝田留梦行》的影响。俞平伯在和朱自清合作《我们的七月》《我们的六月》时，少不了常谈"梦"。俞平伯对"梦"越陷越深，陆续有《梦游》《梦记》等，后来还专门写了本《古槐梦遇》。俞平伯的谈梦，连带也影响了朱自清，写一篇《说梦》也就不奇怪了。

　　《背影》所收的文章，在时间上跨度不大，最早的一篇《旅行杂记》写于1924年7月上旬，最迟的一篇《儿女》写于1928年6月24日。但是在朱自清的思想上，跨度却不小，主要体现在1927年初夏到秋天的始于南方的那场风暴，《荷塘月色》和《一封信》可以看成思想转变的分界线。

2018年3月5日于燕郊

你我

　　1934 年 12 月，朱自清为散文集《你我》写作了序言。朱自清在序文中说，作为"文学研究会创作丛书"之一的《你我》，是"郑振铎兄让我将零碎的文字编起来"的。

　　这里所说的"零碎"文字，要从 1924 年 8 月 17 日为俞平伯诗集《忆》写跋说起。《忆》是俞平伯一本回忆童年美好时光的新诗集，由丰子恺插图。朱自清在写这篇跋文时，显然最了解俞平伯作此诗集时的心情，他俩不仅是大学前后届的同学，同是《新潮》的作者，还是知交好友，多次一同出游，相邀写同题散文，甚至在西湖划船三天三夜。朱自清读了《忆》之后，也是感同身受，跋文洋洋洒洒一挥而就，朱自清说："平伯君有他的好时光……子恺君又画出了它的轮廓，我们深深领受的时候，就当是我们自己所有的好了。'你的就是我的，我的就是你的'，岂止'慰情聊胜无'呢？培根说：'读书使人充实'；在另一意义上，你容我说吧，这本小小的书确已使我充实了！"又说："你想那颗一丝不挂又爱着一切的童心，眼见得在那隐约的朝雾里，凭你怎样招着你的手儿，总是不回到你的腔子里来；这是多么'缺'呢？于是平伯君觉着闷得慌，便老老实实地，像春日的轻风在绿树间微语一般，低低地，密密地将他的可忆而不可捉的'儿时'诉给你。"从这篇《〈忆〉跋》开始，陆续是《"海阔天空"与"古今中外"》（1925年5月9日，初发于这年6月出版的《我们的六月》)，《山野掇拾》（1925年6月2日，初发于这年6月出版的《我们的六月》)，《〈子恺漫画〉代序》（1925年11月2日，初发于这年11月23日《语丝》第五十四期)，《〈白采的诗〉（赢疾者的爱）》（1926年8月27日，初发于这年10月5日出版的《一般》十月号第二期)，《〈萍因遗稿〉跋》（1926年11月10日，初发于这年12月5日出版的《文学》周报第二五三期)，《〈子恺漫画〉跋》（1926年11月10日，初发于这年12月5日出版的《文学周刊》第二五三期)，《〈粤东之风〉序》（1928年5月31日，初发于这年 11 月 28 日出版的《民俗》第三十六期），《〈燕知草〉序》（1928 年 7 月 31 日，初发于这年 9 月 3 日出版的《语丝》第四卷第三十六期）。写到这里，我发现一个有趣的现象（或者是疑问），在写作《〈燕知草〉序》的同一天，朱自清也写作了《〈背影〉序》。《燕知草》是俞平伯的一本散文集，《背影》是朱自清自己的散文集。就是说，朱自清的《背影》，大致于这天或此前的某天编成。再来检索一下《背影》所收的文章，基本上和《你我》里所收的上述列举的文章写作于同一时期。如《女人》，写作于 1925 年 2 月 15 日；《白种人——上帝的骄子》，写作于 1925 年 6 月 19 日；《背影》，写作于 1925 年 10 月；《阿河》，发表于 1926 年 1 月 11 日；《哀韦杰三君》，写作于 1926 年 4 月 2 日；《飘零》，写作于 1926 年 7 月 20 日；《海行杂记》，写作于 1926 年 7 月；《白采》，写作于 1926 年 8 月底；《荷塘月色》，发表于《小说月报》第十八卷第七号；《一封信》，写作于 1927 年 9 月 27 日；《〈梅花〉后记》，写作于 1928 年 5 月 9 日；《怀魏握青君》，写作于 1928 年 5 月 25 日；《儿女》，写作于 1928 年 6 月 24 日。至此，《背影》一书里的所有文章基本收集齐全，而且全部写于这一时期。我的疑问是，《背影》那么单薄的一本小册子，为什么不把后来收在《你我》

里属于散文的那部分收入呢？应该说，这一时期朱自清的散文随笔是一脉相承的，他的文章的变化（更趋于理性），虽然《你我》里已经显现了出来，较大变化应该是在出版《你我》之后。不过，也许正如朱自清在《自序》里所说："因为自己作文向不保存，日子久了便会忘却，搜寻起来大是苦事。"所以编《背影》时只是随手选择的。为了强调"遗忘"，作者又说："稿子交出了，才想起了《我所见到的叶圣陶》《冬天》《〈欧游杂记〉自序》；稿子寄走了，才又想起了《择偶记》，想起了《〈老张的哲学〉与〈赵子曰〉》。偶尔翻旧报纸，才又发见了《论无话可说》；早已忘记的没有影子，重逢真是意外——本书里作者最中意的就是这篇文字。"但，单纯说是遗忘，也似乎让人不太服气，比如有两篇文章，写作时间只相隔几天，或在同一个月里，却先选进了《背影》，而把另一篇留了下来，待十几年后又选进了《你我》里。记忆也许是个怪东西，会在十几年后重新恢复也未可知。

《你我》有两篇关于小说的书评，一篇是《给〈一个兵和他的老婆〉的作者——李健吾先生》，另一篇就是《〈老张的哲学〉与〈赵子曰〉》。李健吾的这篇小说，部分章节发表在1927年12月出版的《清华文艺》第五期上，有作者的《前言》和《自序》。朱自清的这篇书评写于 1928 年 12 月 4 日，是以口语对话体的风格简评这篇小说的，这种写法是书评中的一个创造，闲散而轻松，这或许是李健吾是他的学生的缘故吧。二人的关系一直很好，以后也保持相当长的一段时间（比如二人曾结伴去欧洲旅行、学习），朱自清在日记中多有记述，如1933 年 9 月 21 日日记云："健吾下午来，谈甚欢。先言外国诸友情形，秦君甚苦，吴君成绩极佳，已在法就事。又谈在沪遇茅盾情形，茅开口讲社会问题。健吾开口讲艺术（技巧），默揣两方谈话情形，甚有味，而圣翁则默坐一旁，偶一噫气而已。又谈其评弗罗贝尔，先述一书来历，次述故事，次批评；谓孟实、同舟来时，甚盼其用同样方法批评《红楼梦》等书云。又述其翻译计划。健吾兴致谈吐一如当年，但亦略有老成气矣。其谈小剧院事，理想甚好。论《子夜》谓太啰嗦又句法写法变化太少。"《老张的哲学》和《赵子曰》是老舍的早期作品。前者写于 1925 年在英国伦敦一所学校做华语教员期间，在 1926 年 12 月 10 日出版的《小说月报》第十七卷第七号上开始连载，商务印书馆 1928 年 1 月出单行本。《赵子曰》写于稍后的 1926 年，1927 年 3 月 10 日在《小说月报》第十八卷第三号上开始连载，商务印书馆 1928 年 4 月出单行本。这两部小说初步显现了老舍讽刺、幽默的写作风格。朱自清对这两部小说的结构、描写和叙事风格进行了解读和剖析。此后，朱自清又创作了《中年》《白马湖》（未收入《你我》）《扬州的夏日》《看花》《南行通信（一）》（未收入《你我》）《我所知道的叶圣陶》《叶圣陶的短篇小说》《论无话可说》等散文。从1930年夏天开始，朱自清的散文随笔创作明显减少了，除收在《你我》中的《〈谈美〉序》《给亡妇》外，自1933年下半年才又多起来，至1934年10月，相继写了《你我》《〈文心〉序》《潭柘寺 戒坛寺》《说扬州》等篇，《谈抽烟》和《南京》两篇是应沈从文和叶圣陶之约写的，另外还有散文《春》（未收集）和多篇未收集的书评、论文，在这段时间里，主要精力都用在写《欧游杂记》和《伦敦杂记》里的文章了。另外需要说明的是，《说扬州》一篇，原是收在《你我》里的，出版社在编辑该书时，临时把这篇抽掉了。该篇有作者对扬州好的一面和坏的一面的印象，还是比较客观的，出版社怕再生一个"易君左案"，为了保险起见，只好割爱。朱自清在《我是扬州人》里有记述："我曾经写过一篇短文，指出扬州人这些毛病。后来要将这篇散文收入散文集《你我》里，商务印书馆不肯，怕再闹出'扬州闲话'的案子。"

　　《你我》分甲乙两辑，朱自清在《自序》里说"甲辑是随笔，乙辑是序跋和读书录"。"乙辑是序跋和读书录"没错，说"甲辑是随笔"，多少有些成疑。随笔和散文虽然向来不好区分，但大致还是能分的。严格地说，《"海阔天空"与"古今中外"》《论无话不说》《你我》《谈抽烟》等作为随笔是没错的，《扬州的夏日》《看花》《冬天》《择偶记》等就是地地道道的散文了，说这几篇是随笔实在勉强。朱自清早期的散文大都收在《踪迹》《背影》里了，《你我》所收的散文，从1924年第一篇《〈忆〉跋》至最后一篇《南京》，历时十余年，处在从早期到中期的过渡时期，是朱自清散文随笔的精髓之一，作品的风格也发生了细微的变化，由早期的真挚清幽，渐渐过渡为说理议论，用笔也更加老道了。

该书由商务印书馆于1936年3月出版。

2018年3月28日于燕郊

经典常谈

朱自清是 1938 年从西南联大蒙自分校回到昆明的，回来后，西南联合大学增设了师范学院，朱自清兼任师院国文系主任。回到昆明的第一件重要的事，就是在 1938 年 9 月 21 日拜访杨振声和沈从文。此时杨、沈奉教育部委托编写中小学教科书（已经近尾声），有关古代经典的普及一书，拟请朱自清编写。这次访问交谈十分成功，初定书名为《古典常谈》，朱自清第二天就动手写了一篇，这便是那篇《〈诗经〉第四》。此后又时断时续地写了数篇。如 10 月 3 日，开始写作《三〈礼〉第五》，10 月 17 日作《〈春秋〉三传第六》，1939 年 2 月 5 日作《"四书"第七》，2 月 13 日作《〈说文解字〉第一》，3 月 13 日作《诸子第十》，3 月 29 日作《辞赋第十一》，4 月

11日作《诗第十二》，5月2日作《文第十三》，5月16日作《〈史记〉〈汉书〉第九》，这篇文章费时十天，9月29日作《〈尚书〉第三》，至此，共十三篇文章，朱自清已经写作了十一篇。朱自清之所以没有按照顺序写，可能是因为事先拟好了写作篇目，根据自己的兴起和熟悉程度，择篇而写的。这里补充一点，成都学者龚明德先生发表在2000年第8期《博览群书》上的《写于成都的〈经典常谈〉》考证说，"叶圣陶1940年11月20日的日记所载'乘车至佩弦所，观其所作《古典常谈》稿数篇'，证实了初稿《古典常谈》的写作开手于朱自清回成都家中大体安顿好家务琐事以后的这年11月前后"。此说法是错误的。"这年的11月前后"，不是"开手"，而是全书大体定稿了。

朱自清写《经典常谈》这种文章属于普及、入门类读物，并不好写，写浅了，初习者不买账，写深了，又读不懂。正如叶圣陶在《读〈经典常谈〉》里说的："它是一些古书的'切实而浅明的白话文导言'。谁要知道某书是什么，它就告诉你个什么，看了这本书当然不就是读了古书，可是古书的来历，其中的大要，历来对于该书有什么问题，直到现在为止，对于该书已经研究到什么程度，都可以有个简明的概念。学生如果自己在一大堆参考书里去摸索，费力甚多，所得未必会这么简明。……但是这本书本来不是写给专家们看的，在需要读些古书的学生，这本书正适合他们的理解能力跟所需分量。尤其是'各篇的讨论，尽量采择近人新说'（序文中语），近人新说当然不单为它'新'，而为它是最近研究的结果，比较可作定论；使学生在入门的当儿，便祛除了狭陋跟迂腐的弊病，是大可称美的一点。"叶圣陶的话是中肯的，切中事实的。朱自清也正是按照这个路子写下去的。

《经典常谈》各篇的写作，朱自清并未像以前的作品那样，写一篇先发表一篇。这种作品语言简明，介绍的是华夏民族数千年来文化典籍的精粹，须提纲挈领，娓娓道来，体例一贯，因为其内容包括《说文解字》、《周易》、《尚书》、《诗经》、三《礼》、《春秋》三传、"四书"、《战国策》、《史记》、《汉书》、诸子、辞赋、诗、文等十数种，都是中国古代文学、历史、哲学的经典。在写作过程当中，朱自清要不断地打磨、修改、补充、完善。所以他不急于拿出去发表。另外，朱自清在一边写作时，一边注释，仅注释部分，就做了几次修订。

在 1940 年 7 月 18 日动身去成都休假时，朱自清还把书稿带在身边。安顿好后，于 8 月 5 日去开明书店成都办事处访叶圣陶。二位老友劫后相逢，倍感欢欣。朱自清还请叶圣陶吃了"吴抄手"。第二天又赴叶圣陶邀请宴，答应为促进国文教学和叶圣陶合作编书。之后两月，在发表了《再论中学生的国文程度》《诵读的态度》等文章后，便和叶圣陶一起讨论《经典常谈》。叶圣陶在《西行日记》里说："观其所作《古典常谈》（出版时改《经典常谈》）稿数篇。杂谈一切，甚觉惬心。"观数篇，花费时间一定不少吧。"杂谈一切"更是谈得投缘啊。二位老友是怎么谈的呢？"佩弦买花生一堆，出其葡萄所泡大曲，余饮三小杯。"菜是简陋的，酒是大曲所泡的葡萄酒，不知是讲究还是不讲究。叶圣陶从前都是喝黄酒的，大曲酒三小杯并不多，主要还是在"杂谈"上。

自朱自清写作以来，从来没有像写作《经典常谈》这样让他沉得住气。在成都一年的休假结束后，又到了1942 年年初，才费时三天，于 2 月 2 日将《〈经典常谈〉序》写成。这样，费时三年多的《经典常谈》全书，才算大功告成。朱自清在《序》里对该书的成书经过和目的做了说明："在中等以上的教育里，经典训练应该是一个必要的项目。经典训练的价值不在实用，而在文化。有一位外国教授说过，阅读经典的用处，就在教人见识经典一番。这是很明达的议论。再说，做一个有相当教育的国民，至少对于本国的经典，也有接触的义务。"但"我国经典，未经整理，读起来特别难，一般人往往望而生畏，结果是敬而远之……如果读者能把它当作一只船，航到经典的海里去，编撰者将自己庆幸，在经典训练上，做了他做尖兵的一分儿。"

1942年2月3日，朱自清带着《经典常谈》全部手稿，到杨振声所住的岗头村，当面交给他。由于最初的写作计划是"古典常谈"，杨振声建议将"古典"改成"经典"，朱自清接受了这一建议。杨振声和沈从文负责编写的中小学教科书，因抗战军兴，不适合形势，教育部已经另搭一套班子重新编写，所以并没有刊行。不过朱自清的这本《经典常谈》还是经杨振声之手，于1942年8月由国民图书出版社出版，1946年又由文光书店刊行，到了1950年1月已经印了第五版了。

《经典常谈》在朱自清大量的论著当中，是比较特殊的一部，因为他选择的，确实是经典中的经典，经过他的白话诠释，成为读者了解中国古代文化典籍的入门指南。正如季镇淮先生所说，该书"经史子集都有，是旧时士人的基础读物。除诗、文外，其他都是逐书讲解，介绍其作者、内容，言之有据，深入浅出，意无不达，雅俗共赏，运用现代语言，讲述古史内容，令人读之不厌，确是难得的运用语言文字的妙手。诗、文不可以数举，叙述源流史迹，是诗文发展史，繁简得中，娓娓而谈，亦为不可多得之作。这是学术著作。是记叙散文的一种高品"。这段评论说得好，不仅指出其学术价值、实践意义，而且将此书和朱自清的散文语言风格联系了起来，将它看成"记叙散文的高品"。

《经典常谈》出版后，当时还是青年学者的吴小如先生就撰写了书评《读朱自清先生〈经典常谈〉》，认为该书"思路之清晰，识见之高远，尤令人叹服"，加上"冲淡夷旷的笔墨，往往能把顶笨重的事实或最繁复的理论，处分得异常轻盈生动"，使人读了"不惟忘倦，且可不费力地心领神会"。该书写作的推动者叶圣陶先生在该书出版后，很快写出两篇文章《读〈经典常谈〉》《介绍〈经典常谈〉》，来推介和解读这部书。到了1980年三联书店重印《经典常谈》时，叶圣陶又写了一篇《重印〈经典常谈〉序》。叶圣陶在《读〈经典常谈〉》文章中更肯定了《经典常谈》的意义，他说：中国古代的经典，"分散在潜藏在各种书籍里，让学生淘金似的去淘，也许淘不着，也许只淘着了一点儿。尤其为的是从前的书籍，在现代人看来，有许多语言文字方面的障碍；先秦古籍更有脱简错简，传抄致误，清代学者校勘的贡献虽然极大，但是否完全恢复了各书的原样，谁也不敢说定；现代学生不能也不应个个劳费精力在训诂校勘上边，是显而易见的。所以，为实质的吸收着想，可以干脆说一句，现代学生不必读从前的书。只要历史教本跟其他学生用书编撰得好，教师和帮助学生的一些人们又指导得法，学生就可以一辈子不读《论语》《庄子》却能知道孔子、庄子的学说；一辈子不读《史记》《汉书》，却能明晓古代的史迹"。这是叶圣陶赞成朱自清这本《经典常谈》的理由。

叶圣陶在 1980 年写作《重印〈经典常谈〉序》时，已经是耄耋高龄了，朱自清已经逝世 32 年，叶圣陶看到老友的这部遗著成为经典，高兴之余，也百感交集，"他的声音笑貌宛然在面前，表现在字里行间的他那种嚼饭哺人的孜孜不倦的精神，使我追怀不已，痛惜他死得太早了"。在这篇新序里，叶圣陶对《经典常谈》的比方更是形象，他说："先生所说的经典，指的是我国文化遗产中用文字写记下来的东西。假如把准备接触这些文化遗产的人比作参观岩洞的游客，他就是给他们当个向导，先在洞外讲说一番，让他们心中有个数，不至于进了洞去感到迷糊。他可真是个好向导，自己在里边摸熟了，知道岩洞的成因和演变，因而能够按真际讲说，决不说这儿是双龙戏珠，那儿是八仙过海，是某高人某仙人塑造的。求真而并非猎奇的游客自然欢迎这样的好向导。"叶圣陶在这篇新序里，还提出自己的三点见解：第一是中等教育阶段，不用真读经典，直接读《经典常谈》就可以了；第二是历史教学中，也应该分担一部分经典；第三是必须有计划地跟经典接触，"阅读某些经典的全部和另外一些经典的一部分"。

2018 年 3 月 18 日于北京

欧游杂记

早些年读《欧游杂记》，我是先从作者写给叶圣陶的两封信读起的，然后才从头读。这次编书，依旧是先读前边的序，再读附录的《西行通讯》，最后才是正文。

《欧游杂记》是朱自清的一本游记。和《欧游杂记》一脉相承的，还有《伦敦杂记》。

清华大学有一个非常好的待遇，就是教授每工作五年，就可申请出国访学一年，出国期间除可支取一半的薪水外，还可获往返路费各五百二十美元及每月研究费一百美元。依照这个规定，朱自清申请休假一年并决定赴欧洲访学。

1931 年 8 月 22 日，朱自清从北京动身，开始了漫长的欧洲之旅。这次行程，看来事先是经过精心策划的，没有像早先留学者那样漂洋过海，而是从哈尔滨乘火车，取道苏联远东地区，再从莫斯科转道欧洲。这天早上，在北京前门火车站，朱自清带着不多的行李，和前来送行的陈竹隐话别。在送行的人群中，还有他的学生、友人胡秋原、林庚、章晓初等。而在此前更早的5月13日晚上，就有学生为他举行了送行宴会。那天俞平伯和浦江清也去了，大家喝得很开心。在致陈竹隐的信中，朱自清说："昨晚学生为我饯行，（其实真太早！）甚为欢乐。席间与他们猜拳。我的拳太坏，喝了不少的酒。饭后俞、浦两先生唱昆曲，学生亦各唱小调。我真惭愧，什么也唱不出，只敷衍说一小笑话而罢。"这次正式出行，而送行的人群里虽然没有俞平伯和浦江清，但他们二人的诗早已做好了，俞平伯是《送朱佩弦兄游欧洲》二首，诗云：

> 翰海停车捵晚凉，乌拉岭外有斜阳。
> 稍将远志酬中岁，多作佳游在异乡。
>
> 五月花都春烂漫，十年雾国事微茫。
> 槐阴时霅灯前雨，明日与君天一方。

浦江清先做一首五律《赠别佩弦》，后又做古诗《前诗未尽意，更作两章以媵之》二首相赠。和朱自清一起同行的，还有赴欧留学的李健吾和徐士瑚。

在国内的几天旅行中，朱自清也没闲着，和朋友一起玩了不少地方。这些年，朱自清先在南方为生活奔波。在清华的五六年里，一是担任繁重的教学任务，二是妻子亡故，不久后又和陈竹隐热恋中，让他难得有时间休闲和旅行。有了这次长假，他真的要好好消磨下旅途上的大好风光了。在沈阳短暂停留时，他和朋友一起玩了北陵和故宫。24日到了哈尔滨。此时的哈尔滨异国情调甚浓。在几天的逗留中，朱自清去了不少好玩的地方，他在写给叶圣陶的《西行通讯》中，有详细记录。

朱自清是在9月5日早上到达法国巴黎的。第二天就和朋友开始了游玩，两天里玩了罗浮宫、凡尔赛、巴黎圣母院、埃菲尔铁塔、殖民地展览会等名胜。巴黎有不少来自清华的留学生。李健吾留学的目的地也是巴黎。这几天的游玩，有朋友陪同，朱自清并不孤独，初到欧洲，兴致也很高，晚上的焰火，也让他眼花缭乱。这几天和后来重来时的游历的印象和心得，在游记《巴黎》一文中都有所体现。

但巴黎毕竟只是他欧洲之行的一个驿站，很快地，他就和另一位同行者徐士瑚到达伦敦。朱自清这次游学，开始时目的并不明确，或者说并没有具体的打算，总体的设想还是有的，即全面考察欧洲文化和英国文化，重点对小说、诗歌、戏剧、音乐、绘画等艺术门类进行考察和研究。所以，1931 年 9 月 11 日，到达伦敦的第三天早上，送徐士珊上了去爱丁堡的车后，他就到皇家学院和伦敦大学索取章程。研究了章程后，又分别和两所大学取得联系。接下来，朱自清继续游览、考察，和朋友一起，逛了议会大厦、西寺、白金汉宫、圣詹姆斯公园、伦敦博物馆、国立美术馆、特拉法拉广场等多个名胜，他尽量走马观花，多跑些地方。紧接着又去了海德公园和雷根特公园。朱自清联系的两所学校也都有了回音，都嘱他 10 月初前往听课。然后，朱自清继续在伦敦参观访问，仅海德公园和雷根特公园他就去过多次，公园的环境也深深地吸引了他，"周围满是铁栏杆，车门九个，游人出入的门无数，占地二千二百多亩，绕园九里，是伦敦公园中最大的，来的人也最多。园南北都是闹市，园中心却静静的。灌木丛里各色各样野鸟，清脆的繁碎的语声，夏天绿草地上，洁白的绵羊的身影，教人像下了乡，忘记在世界大城里。那草地一片迷蒙的绿，一片芊绵的绿，像水，像烟，像梦；难得的，冬天也这样。西南角上蜿蜒着一条蛇水，算来也占地三百亩，养着好些水鸟，如苍鹭之类。可以摇船，游泳；并有救生会，让下水的人放心大胆"（《公园》）。9月27日在海德公园听音乐时，"见共产党宣传队，人甚众。旗帜各异，标语牌不多。继见印度独立演说。一英人致词以中国为言，颇为印度吐气，……余深为印度人哀，又深佩外人注意政治，其认真之态度，中国人绝无之"（《朱自清日记》）。10月2日和5日，朱自清又分别赴德雷伯会堂观看交易所艺术社绘画展和英国现代画展。5日晚上还在友谊之家听了一场关于非洲问题的演讲。

朱自清痛痛快快地游了公园、动物园，看了街景，参观多个艺术展和博物馆，还听了几场音乐剧，然后又在伦敦找了房子安顿了下来。一切看起来非常顺利。但却遇到一件颇为尴尬的事。朱自清在皇家学院遇到一位老教授里德先生，朱自清向他做了自我介绍，说自己是中国大学里的教授，利用休假期间来英国学习，准备进修英国文学。这位教授不客气地回答他，旁听于你无益。客观地说，老教授的话有其道理，旁听生和正式在籍学生，毕竟要求不一样（自己对自己的要求，老师对学生的要求）。但他并没有了解朱自清的背景，也不了解朱自清的游学目的。对于朱自清这样的教授来说，学位对他而言已经可有可无，他只是想充实一下自己的知识结构。但是里德教授神气活现地表示没有时间听朱自清解释。对于里德教授的趾高气扬，朱自清在此进修的想法打消了一半。第二天，朱自清又和里德教授及副教务长联系，对方又强调，必须选修四门课，且四门均须主课。英国人的刻板和较真，从某种意义上说，也许没错：既然收了你的钱，你就得按照要求和规定好好学。但朱自清觉得这一限制对于自己并不合适，考虑后决定放弃皇家学院。10月6日，朱自清到伦敦大学办了交费手续。此后便在这所大学里听语言学、拉丁文学和英国文学等课。

旁听生的好处就是选自己需要的听，也可根据自己趣味独立思考问题。但即便这样，在伦敦的学习和生活也不比在国内轻松，上课、读书、买书，还要参观各种展览，观看戏剧电影。朱自清本来就是个"闲不住"的，用叶圣陶的话说他是个"匆匆的旅人的颜色"，从朱自清的日记里，就可清晰地看到他的忙碌。比如看1931年10月14日和15日两天的日记，就能约略知道了：

　　10月14日 星期三 晴
　　早阅报，见俄国为中国定一套罗马字母，不知为何。

下午阅音乐与诗之比较毕，引证虽足炫人，实无甚新义。

兹列本年度拟读书目如次：

1. 通史

2. 对经

3. 神话

4. 四个悲剧

5. 理查斯的作品

6. 文学形式

7. 现代作家选，美国的七种

8. 语音

9. 论写作——阅读

10 月 15 日 星期四 晴

上午阅报竟，读帕尔默文法，知帕尔默有常用字表……

下午至图书馆借书，尚适意。

听讲希腊诗与艺术家，幻灯片甚有味，言语殊不易了然……

兹将拟读之近代作家列下：

小说家：贝内特、哈代、劳伦斯、韦尔斯、康拉德、尼瑞第斯

诗人：梅斯费尔德、瓦特、德拉穆尔哈代、豪斯曼

剧作家：肖伯纳、巴里、高尔斯华绥

散文作家：斯特雷奇、贝络克

朱自清在伦敦的学习，充实而紧凑。但作为中国名牌大学的教授，并不是在课堂里听课才是学习，看各类演出，参观博物馆，参观名人故居，都是学习的一部分。据他自己统计，仅从1931年9月到了伦敦，至年底，共看了27场演出，平均四五天就看一次。歌剧《船夫们》《修改者》《桔黄色的秋天》，还有喜剧《皇家禁卫军》、戏剧《巴雷茨》等都给他留下很深的印象。至于莎翁的戏，在英伦可是经常有演出的，更不会错过这个机会，《罗密欧与朱丽叶》《奥赛罗》《哈姆雷特》《威尼斯商人》等，特别是1932年5月3日至5日，朱自清在莎士比亚纪念剧场连看四部莎翁的戏——《李尔王》《凯撒大帝》《第十二夜》《皆大欢喜》。在《伦敦杂记·自序》里，朱自清写道："在英国的期间，赶上莎士比亚故乡新戏院落成……我们连看了三天戏。那几天看的，走的，

吃的，住的，样样都有意思。"看原汁原味的英语演出，既有剧情可以观赏，又可学到语言艺术，这是所有大学课堂里学不到的。从这个角度看，朱自清拒绝皇家学院里德教授的课程是有道理的。朱自清看演出，不仅观赏剧情，学习语言，扩大眼界，他是真正的研究。不少剧，看完后，还想方设法找来原文剧本和相关评论，阅读研究，了解相关的戏剧艺术知识。

就是参观美术馆或博物馆，看各种画展、雕塑和建筑，也不是只看表象，对于许多藏品都要追踪研究。在《博物院》一文里，朱自清说伦敦的博物馆很多，"千头万绪"，"只好捡大的说罢了"。朱自清在伦敦都看过哪些大的博物院呢？维多利亚与艾伯特博物馆是个美术博物院，最为堂皇富丽，"所收藏的都是美术史材料，而装饰用的工艺品尤多，东方的西方的都有。漆器，瓷器，家具，织物，服装，书籍装订，道地五光十色。这里颇有中国东西，漆器瓷器玉器不用说，壁画佛像，罗汉木像，还有乾隆宝座也都见于该院的'东方百珍图录'里"。又到不列颠博物院，这里的"考古学的收藏，名人文件，抄本和印本书籍，都数一数二；顾恺之《女史箴》卷子和敦煌卷子便在此院中"。当然，顾氏和敦煌的卷子都是他们抢去的。

对于欧洲许多大博物馆里收藏的别国的好东西，欧洲人有一个很霸道的观点，说这些宝贝，只适合在我们的博物馆收藏。言下之意是，你们那里没有这个能力。没有能力是多方面的，比如落后、战乱、愚昧、麻木等。多年前我曾在德国呆过二十多天，他们文化机构里的某位大员在说到柏林新博物馆的许多世界珍贵藏品时，就说过类似的话，还沾沾自喜地说，如果不是他们花大力气把这些珍宝收藏好，怕是早就消失得无影无踪了。我当时就不以为然，但也无可奈何。

朱自清对于书籍一直都情有独钟，为了满足求知欲望，也是学习需要，他和在国内一样一有空就到处访书。把访书、淘书、买书、逛书店当成乐趣。可惜游学的费用不多，不能满足他的买书需求，否则，他可能会把自己租住的房间当成一个书库的。即便如此，买书还是他的一笔大开销，如1931年10月19日日记云："今日大购书，计得《今日之诗》《外国歌谣》《诗艺》《美国文学小史》《爱书人闲话》《文体论集》诸书，又定牛津版《沙翁全集》，柴尔德《英国歌谣集》二书。"这确实是一个大书单，仅一套《莎翁全集》就该花费不少钱吧。但这些书又确实是他需要的。朱自清是"五四"以后新诗人的代表之一，《今日之诗》《诗艺》是他必须要了解的，

《外国歌谣》《英国歌谣集》两种书是他在教学上的需要。朱自清在清华大学开了"歌谣"选修课，参考书越多越有助于他的教学。另外几本书也是必须要读的。可能是意识到自己购书有些盲目了吧，朱自清在日记中经常警醒自己"加意""节制"，但还是不能自控。"下午赴诗集书店，购书甚多。余近来食堂购书无节制与国内同，大宜加意！"（10月23日）"在福伊尔斯观书甚久，购书数种，均无惬意。"（10月31日）"买了四本书，花去一镑多钱。这些书并非急需，怎样才控制自己在买书上的花费呢？"（12月7日）像朱自清这样的纠结，相信许多爱书人都有过。朱自清曾经说过，"买书也是我的嗜好，和抽烟一样"。所以在英国，他虽常常警醒自己，也无意改掉。书店照去，书照买。号称"世界最大的新旧书店"的福也尔，也常常有朱自清的身影。这家书店被喻为"好像掉在书海里"，有新旧两座大楼，都是四层，分了二十五个部，仅店员就有二百多人。地下室里都是旧文学书。朱自清一有空就来逛，挑挑拣拣淘了不少打折的特价书，一套《莎士比亚全集》只要九便士。

所买的书籍当中，有不少是关于音乐的，类似于音乐简史、音乐欣赏指南什么的，他都会买，在读到一本

《弥赛亚》时，朱自清称赞这本书"文字简单明了，具有诗一样的力量，对音乐阐述的非常透彻"。听西洋音乐也是朱自清的一大爱好。喜欢到什么程度，不大有人知道。在伦敦期间，他很喜欢听教堂唱诗班的歌手们唱歌，在1931年11月30日的日记中，朱自清说："他们的声音优美而自然，我过去从未听到过。找到了一个歌本，想按音符一个个地去学。戏剧、绘画、音乐将是我下学期感兴趣的学习科目，所以想事先准备一下。"准备的结果就是买了一个留声机。到了1932年1月30日，他在日记中纠结地写道："因急欲选购代表各阶段音乐史的唱片而心神不定。"3月9日又说："下决心买以前选定的唱片。我在音乐方面花掉的钱要超过九镑了，天哪！"有一张唱片，录的是夜莺的叫声和教堂的钟声，朱自清觉得好听，也买下了。英国浪漫派诗人济兹有一首代表作《夜莺歌》，就是在朱自清住处附近写下的。朱自清和柳无忌曾去寻访诗人的旧居，知道诗人的传奇故事——诗人在晚上会听到夜莺鸣叫而联想到那儿有他热爱的情人，有感而发创作了《夜莺歌》，才暂时忘记了生命的孤寂与悲哀。朱自清买下这张唱片，是否是喜欢《夜莺歌》才爱屋及乌的不得而知。音乐的高雅到底有多"高"，西方人对音乐艺术的理解到底到什么层面，对自己欣赏能力有什么样的判断，可能都不是朱自清去考虑的——音乐，只是朱自清一个普通爱好而已。

这次欧洲游学，朱自清呆了约一年，在伦敦就住了8个月。这8个月的学习、考察给他带来了重大的收获，为他个人的眼界的开阔、学识的提升、修养的磨砺、执教能力的提高等，都带来了重要的影响。还是刚来英国不久时，他给好友浦江清信中说："现在补习英文，亦颇忙碌……希望能将读写培养至相当能力，庶有以对朋友。"

1932年5月13日，朱自清偕友人离开英国，开始了他为期两个月的欧洲大陆的漫游。漫游还是以参观为主，朱自清先到巴黎，这里有许多友人，李健吾、吴达元、汪梧封等，陪他看了许多景点。6月5日离开巴黎赴比利时布鲁塞尔，游览了维尔兹博物馆、皇家艺术博物馆、滑铁卢战役纪念碑等，7日晨抵达荷兰海牙。朱自清在《巴黎》《荷兰》等文中都有详细的描述。6月9日，朱自清到达德国柏林。在德国看了很多地方，除了柏林外，又去德累斯顿、科隆，从科布伦茨乘船到法兰克福。离开德国后，到瑞士去登处女峰，饱览雪山美景。然后去日内瓦，6月29日到达意大利米兰。在意大利一直玩到7月8日，登上"拉索伯爵"号游轮，与柳无忌夫妇等同船回国。

本书除《欧游杂记》外，还收录了《伦敦杂记》。

2015 年 1 月 24 日草于北京草房

2015 年 3 月 6 日改于燕郊

语文零拾

　　《语文零拾》是朱自清多年来创作的书评、书话、读书笔记、译文等文章的汇编，写作时间的跨度约有十年之久，于1946年暑假期间汇编成书。编好后，请钱实甫先生代交给名山书局，并由该局出版发行。

　　自从移家成都，朱自清每年的暑假都到"天府之国"成都度假，并结识了成都的一批文人学者，除了老友如叶圣陶等外，还有就是钱实甫。钱实甫毕业于北平大学法学院，当时在国立四川大学任教，他和名山书局有交往。名山书局出了不少书，其中就有民国美女作家赵清阁的《流水飞花》《诗魂冷月》等书，当然也有钱实甫和缪振鹏合著的《美苏战争的推测》。名山书局可能是一家小书局，不少书都是委托"大东书局总发售"的，不过朱自清的《语文零拾》，却是自己家总发行，可见书局对这本书的重视。

但是，这本书在出版以后，朱自清却有点不愉快。起因是这样的，原来收入书中的一篇重要文章《新的语言》，这篇文章刚发表时，还一度引起讨论，语言学家吕叔湘专门写了长篇文章，对朱自清文中的观点进行了指正。朱自清在把《新的语言》收入该书时，还根据吕叔湘的意见，进行了仔细的修订和补充。但是该书出版后，朱自清发现独独缺少了这篇文章，他也不知何故被出版社抽出去了。对于"小书店"如此的不负责任，朱自清很失望，觉得"很可恨"。但是，这本书依然得到了徐中玉很高的评价。他说："朱先生不仅是一个成功的散文家，他更是一位渊博的学者，单从这本小书，我们就会惊异他所涉猎的范围竟是如此广大；又不仅涉猎广大，而且朱先生都有他新锐妥切的见解。从文字到语言，从古代到今天——甚至明天，从书本到生活，从思想到战斗，朱先生的'慧眼'光芒四射，应该照到的地方，他都没有遗漏，有些地方他所以没有充分发挥，那是由于机会不合适。……朱先生的对于现实的非常，也可以说是越来越坚定的态度，那表情的姿势也不是公式化的，切实而不宽泛，不是感情用事的狂呼疾走，而是

慎思明辨、理性思量的必然的结果。"（《评朱自清著〈语文零拾〉》）

《语文零拾》共收《陶诗的深度——评古直〈陶靖节诗笺定本〉》等文章14篇。如果算上被遗漏的《新的语言》，应该是15篇。《译中国文学与用语》翻译于1936年1月2日，最初发表于这年1月12日的《大公报·文艺》上。朱自清在译文后有一《跋语》，云："日本竹内氏等办中国文学研究会，出版《中国文学月报》，以介绍批评新文学为主。现已出到第九号。本篇见第八号中，虽简略不备，但所提出的问题是很有趣很重要的。"《陶诗的深度——评古直〈陶靖节诗笺定本〉》写于1936年2月22日，发表于这年4月出版的《清华学报》第十一卷第二期，标题叫《〈陶靖节诗笺定本〉》。《修辞学的比兴观——评黎锦熙〈修辞学比兴篇〉》写于1937年6月24日，发表于这年7月出版的《清华学报》第十二卷第三期，标题叫《修辞学比兴篇》。《日本语的欧化——谷崎润一郎〈文章读本〉提要》写于1938年1月16日。《日本语的面目》写于1938年2月14日。《甚么是宋诗的精华——评石遗老人（陈衍）评点〈宋诗精华录〉》写于1938年4月30日，发表于在昆明出版的《益世报·读书副刊》上。《宋诗精华》和《宋诗选》，是朱自清在 1938 年 4 月常读的书。《短长书》发表于 1944 年 8 月 8 日在重庆出版的《中央日报》上。该文认为，长篇小说的受欢迎，源于读者的消遣娱乐心理，但这不是忧。真正忧的是缺少书评家和批评家完美公正的批评。《灵魂工程师》翻译于 1944 年 11 月 18 日，第二天发表于在昆明出版的《中央日报》副刊《星期增刊》第四十二期上，第四十三期续完。《诗文评的发展——评罗根泽〈中国文学批评史〉与朱东润〈中国文学批评史大纲〉》写于 1945 年 3 月 25 日，发表在 1946 年 7 月 1 日《文艺复兴》第一卷第六期上，又发表于 1946 年 7 月 25 日《读书通讯》第十一期上。1946 年 7 月 19 日，朱自清给《文艺复兴》编者李健吾去信，对李健吾在《文艺复兴》"编后"中"给我声明关于拙稿的经过"表示感谢。查该期杂志，所谓"声明"是"朱自清的书评曾交《读书通讯》发表，久久不见印出，故此转到本刊"。可能是《读书通讯》的编者读到了这一期的《文艺复兴》，才又在匆忙中赶快发了出来。《历史在战斗中——评冯雪峰〈乡风与市风〉》写于 1945 年 6 月 19 日。此篇文章，断断续续写了一月有余。查朱自清日记，读《乡风与市风》是在 1945 年 5 月 5 日，6 日读完。1945 年 5 月 12 日记有"开始写评雪峰之《乡风与市风》提纲""读雪峰之另外一些文章"之句。13日又云："准备对雪峰著作之评论文章，进展颇迟缓。"26日亦记有"写评《乡风与市风》文章数行"。6月7日又记"写关于《乡风与市风》的文章，然不多"。18日"继续写书评"，到19日"上午完成书评"。一篇不到五千字的书评，写一月有余，一来是因为朱自清对此篇文章非常重视，另一个原因也是他胃病越发地严重了。在这一个多月里，多次有"甚疲惫""头晕""呕吐""犯胃病"等记录。如1945年5月25日云："近来因犯胃病，常易发怒，往往对于他人之接触感到不快。"也是在1945年的6月里，译文《回到大的气派——英雄的时代要求英雄的表现》发表在《抗战文艺》第十卷第二、三期合刊上，又发于1946年6月25日出版的《人民文艺》第一期上。该文原作者为美国人多罗色·汤姆生女士。

以上是部分作品的写作和首发的时间及其刊物。

朱自清类似的文章其实还有一些，比如《读书笔记》(《〈元曲三百首〉与〈荡气回肠〉》《杨荷集》)《读〈文艺心理学〉》《歌谣与诗》《水上》《文学的美——读Puffer的〈美之心理学〉》《文学的一个界说》《吴稚晖文存》《熬波图》《近来的几篇小说》等。这些关于读书的文章发表后，都没有编入他的自编文集中。其实，作为书评，或带有学术研究的读书随笔，这些文章都很有特色。如关于沙剌所著的《水上》一篇，朱自清在文中做了尖锐且建设性的批评，认为新诗"最容易犯的一个毛病就是'浅薄'。印在纸上，好像没有神气，念在嘴边，也像没有斤两；这就是没味。……味是什么？粗一点说，便是真的生活，纯化的生活！便是个性，便是自我"。再比如《文学的一个界说》，发表于1925年6月出版的《立达季刊》第一卷第一期上，朱自清在这篇学术随笔中，对胡适的"达意达得好、表情表得好，便是文学"的论述表示了不同的意见，认为定义太粗疏，并根据自己对文学的理解，给"文学"的概念做了六个方面的界定：一是文学是用真实和美妙的话表现人生的；二是文学是记载人们的精神、思想、情绪、热望，是历史，是人的灵魂之唯一的历史；三是文学的特色在于它的"艺术的""暗示的""永久的"等性质；四是文学的要素有二，即普通的兴味与个人的风格；五是文学的目的，除了给我们以喜悦而外，更使我们知道人的灵魂；六是在文学里，保存着种族的理想，便是为我们文明基础的种种理想。所以，文学是人们心中最重要、最有趣的题目之一。

元人陈椿所著的《熬波图》堪称一部奇书、冷书，记述的是松江一带盐民煮海熬盐的生活故事。朱自清在这篇书评中，从政治、学术、艺术三方面进行了阐述和评价，颇值得玩味。评论《近来的几篇小说》连载于1928年出版的《清华周刊》第二十九卷第二号、第五号、第八号上，评论了《小说月报》第十八卷第十号（1927年10月10日）的几篇小说，计有茅盾的《幻灭》、桂山（叶圣陶）的《夜》和鲁彦的《一个危险的人物》。作者对这三篇小说做了恰当的评论和分析。如果按照《语文零拾》里所收入好几篇译文的标准，朱自清在1927年5月3日翻译的《为诗而诗》（英国 A.C.Bradley 著，发表在这年11月5日《一般》第三卷第三期上）和1927年10月24日翻译的《纯粹的诗》（R.D.Jameson 著，发表在这年12月10日出版的《小说月报》第十八卷第十二期上），也是完全够格收入《语文零拾》的。这些文章和译文发表后都没有收入《语文零拾》，对于当时的读者来说，不能不说是遗珠之憾。

1946年7月朱自清在成都过暑假期间，把以往写作的书评加以搜集整理，编成《语文零拾》一书，并于

1946 年 7 月 15 日写了序言。该序发表于这年 10 月 20 日《读书月刊》创刊号上，又发表于同年 11 月 20 日出版的《国文月刊》上。

2018 年 3 月 7 日于燕郊

诗言志辨

1947年8月，《诗言志辨》由上海开明书店出版，这是一本专题论文集，收四篇正文和一篇序文，是朱自清重要的一部学术著作。四篇论文分别是《诗言志》《比兴》《诗教》《正变》。

《诗言志》开始写作是在1936年12月下旬，到1937年1月10日完稿。最初的标题叫《诗言志说》，发表在这年6月出版的《语言与文学》第一期。《语言与文学》是由清华中国文学会主办、中华书局出版的一本学术杂志，由闻一多主编，朱自清是该刊的编委之一。1937年1月13日，就在《诗言志说》完稿后的第三天，闻一多就到朱自清家拜访，讨论筹办中的《语言与文学》。《比兴》完稿于1936年6月22日，最初的标题叫

《赋比兴说》。在完成《赋比兴说》的第二天，和这篇文章相关的《修辞学的比兴观——评黎锦熙的〈修辞学与比兴篇〉》书评也写作完成。两篇文章同时发表在这年7月出版的《清华学报》第十二卷第三期上。《诗教》完稿于1943年3月2日，费时近四个月，最初的题目叫《诗教说》，发表在当年6月出版的《人文科学学报》第二卷第一期上。在写作《诗教说》的这段时间里，朱自清还写作了散文《新中国在望中》（1942年12月17日）、《钟明〈呕心苦唇录〉序》（1942年12月19日），译诗《冬日鸳鸯菊》和《1939年9月3日》（1943年2月3日），诗论《诗的趋势》（1943年2月5日），杂论《论大一国文选目》（1943年2月14日），等等。此时的昆明，遭遇了十年来最寒冷的天气，朱自清的生活极其艰难，缺吃少穿，为了御寒，朱自清在集市上买了一件毡披风披在身上。朱自清穿着这件只有马夫才肯穿的披风，在教授中极为惹眼。陈竹隐在《追忆朱自清》一文中回忆说："佩弦的旧皮袍已破烂得不能穿了，他又做不起棉袍，便趁龙头村的'街子'天，买了一件赶牲口人披的便宜的毡披风，出门时穿在身上，睡觉时当褥子铺着。"朱自清和教授们的年夜饭又是怎么吃的呢？浦江清在《清华园日记 西行日记》（增订本）中有记录："上午佩弦请吃烤年糕。下午同人集合包饺子（即角子）。晚饭即吃蒸饺，另菜二碟，佐以酒。又闻家送来鸡肉一碟，萝卜球一碗。此即年夜饭矣。"幸亏闻一多家的两个菜，不然这个年夜饭也够寒酸的了。《正变》完稿于1943年8月24日，费时三月，最初的标题叫《诗正变说》，发表于1945年8月出版的《文史杂志》第五卷第七、八期合刊上。这四篇文章的写作时间跨度较长，写作所花费的时间也不一样，《诗教说》用了近四个月的时间，《诗正变说》也用时三个月，可知朱自清花费了多少心力啊！文稿汇编后，于1944年12月18日写作了《诗言志辨》的序言，费时三日。这篇序文发表于1945年6月出版的《国文月刊》第三十六期上。至此，《诗言志辨》全书完稿。

朱自清在序中说："本书原拟名为'诗论释辞'，'辞'指词句而言。后来因为书中四篇论文是一套，而以'诗言志'一个意念为中心，所以改为今名。"是书出版后，在文学界和知识界产生了广泛的影响，引来好评如潮，李广田在《朱自清先生的道路》中说是"朱先生历时最久、功力最深的一部书"。1935年9月，朱自清在清华中国文学系开设新课"中国文学批评"时，编了一册《诗文评钞》，书中收历代各家诗文评论集，分《比兴》《模拟》《文笔》《声病》《神气》和《品藻》六编，这大概是他撰写《诗言志辨》的滥觞。对于该书的研究宗旨和方法，朱自清序言中特别强调："现在我们固然愿意有些人去试写中国文学批评史，但更愿意有许多人分头来搜集材料，寻出各个批评的意念如何发生，如何演变——寻出它们的史迹。这个得认真的仔细的考辨，一个字不放松，像汉学家考辨经史子书。这是从小处下手。"朱光潜在《朱佩弦先生的〈诗言志辨〉》中评介道："佩弦先生的《诗言志辨》之所以成为一个重要底贡献，也就因为它替文学批评史指点出一个正当底路径和一个有成效底方法。第一是他能从大处着眼。在中国和在其他各国一样，诗是最原始而普遍底文学体裁，重要底文艺思想都从诗论出发（在欧洲从古希腊一直到文艺复兴，主要的批评著作都是诗论），佩弦先生单提出诗来说，正是提纲挈领。再就诗论来说，每个民族都有几个中心观念——或者说基本问题——在历史过程中生展演变，这就成为所谓'传统'——或者说文艺批评者的传家衣钵。……佩弦先生看清了这个道理，在中国诗论里抓住了四大中心观念来纵横解剖，理清脉络。……在表面上他虽似只弄清了这四大问题，在实际上他以大处落墨底办法画出全部中国文学批评史的轮廓。"吴小如说：

"《诗言志辨》虽是论文，却有宋人注疏体的气息，朴实然而清新，同时也谨言有法度，兼具西洋人写科学论文的条分缕析、纲举目张。但作者又能在行云流水般的语言中见出层次井然、眉清目朗的疏宕处，既不枯燥又不啰唆。这确实是一种似旧实新的文章作法，绝无晚近写论文者的故作诘曲、以洋味十足文其浅陋的讨厌习气。而先生气度冲淡雍容，更无板起面孔训人'虎'人的嫌疑。"（《读朱自清先生〈诗言志辨〉》）吴小如在文章最后，还尤其佩服朱自清"一瓶一钵一点一滴、千里之程始于跬步的精神"。

2018 年 3 月 27 日于燕郊

新诗杂话

1947 年 12 月,《新诗杂话》历经曲折,终于由作家书屋出版了。出版后的朱自清是什么样的心情呢？李广田在《最完整的人格——哀念朱自清先生》里有详细的披露：

这本书的编定在三十三年十月,书稿交出后便石沉大海,中间一度传说稿子已经被书店失落了,朱先生常常提到这件事,现出非常伤心的神色,以为这本书再也不会与世人相见了,不料事隔三年有余,书竟然出版了；他喜出望外,在目录后的空页上题道："盼望了三年多,担心了三年多,今天总算见到了这本书！辛辛苦苦写出的这些随笔，总算没有丢向东洋大海！真是高兴！一天里翻了足有十来遍，改了一些错字。我不讳言我'爱不释手'。'邂逅相遇，适我愿兮！'说是'敝帚自珍'也罢，'舐犊情深'也罢，我认了。一九四八年一月二十三日晚记。"在这短短的题字里一连用了四个惊叹号，第一行上边盖了一个"邂逅斋"的闲印，最后一行下边盖了一个"佩弦藏书之钵"，大概太高兴，高兴得手忙脚乱，第二个图章竟然倒置了。

《新诗杂话》共收随笔 15 篇。最早两篇《新诗的进步》《解诗》写于 1936 年间。《解诗》写于 11 月 8 日，针对人们新诗不好懂的抱怨和批评，对两首新诗进行了剖析，告诉读者读懂新诗的门径。《新诗的进步》大约写于《解诗》之前，这从作者目录的排序能看出来。《新诗的进步》在 1937 年 1 月《文学》第八卷第一期发表时，题目就叫《新诗杂话》，编集时才改成《新诗的进步》。其他文章，大都是 1941 下半年以后陆续写成的。

其实，这本书的写作，与厉歌天和李广田有关。朱自清在序里说得很清楚了，"那时我在休假，比较闲些，厉先生让我读到一些新诗，重新引起了我的兴味。秋天经过叙永回昆明，又遇见李广田先生；他是一位研究现代文艺的作家，几次谈话给了我许多益处，特别是关于新诗"。朱自清是从 1940 年 7 月开始休假的，并于 7 月 18 日动身从昆明前往成都，8 月 4 日返抵成都的家中。朱自清在成都一边休假一边做研究、搞创作，还和叶圣陶经常交往，商讨编辑教科书诸事并有多次诗词唱和。1941 年 9 月 2 日，朱自清写信给厉歌天，谈新诗问题。在此前后，朱自清曾向厉歌天借阅刊登新诗创作的书刊多种，在阅读中产生了一些想法，并在给厉的信中加以阐述。这封信，后来加了题目《关于诗的比喻和组织》，发表在 1942 年《笔阵》第二期。

　　一年休假结束后，朱自清于 1941 年 10 月 8 日动身返回昆明，乘船顺岷江而下。

　　朱自清第一次走这条水路，一路上观察颇为仔细，除了观察两岸风景，还关注船上的日常生活，"岷江多曲折，船随时转向，随时有新景可看。江口以上，两岸平原，鲜绿宜人。沿岸多桤木林子，稀疏瘦秀，很像山水画。我们坐的是装机器的船。机器隔断前后舱，每天拿脸水拿饭，以及上岸上船，都得费很大的力。我们在后舱，所以如此。我睡在两张沙发椅上，相当舒服也相当的不舒服；因为空子太短，伸直脚杆又伸不直腰，伸直腰又伸不直脚杆。但我行李太少，这样也就算舒服了。船上饭很香，菜是李先生家另烧，吃得很好，有时候太饱。只有末一日，换了一个烧火的，烧的是'三代饭'，有焦的，有生的，有软的。船上没法换衣服，幸好没有生虱子"。（1941 年 10 月 20 日朱自清《致钟霞裳、金拾遗等》）

在这样的行船中，于两日后抵达乐山。

乐山是岷江岸边的重要城市，朱自清下船后，看望在武汉大学教书的朱光潜、叶石荪等朋友，还和朱光潜去游览了乌尤寺、大佛寺、蛮洞、龙鸿寺等风景名胜，在《致钟霞裳、金拾遗等》中，朱自清说："到嘉定走了四天半，因为江口就耽搁了一天。我倒不着急，着急也没用，况且着急也不必坐木船了。"朱自清是这样描写所见风光的，"只乌尤寺的悬岩还雄壮；大佛大得很，可是也傻得很。蛮洞倒很别致。叙府街好，简直有春熙路的光景。公园极小，但钟楼一座非常伟大坚固，可算四川第一，石基入地二三丈，地上一丈多，上用砖砌，非抬头看不到顶"。

如此在船上行了几日，于 10 月 17 日抵达宜宾，进入长江。不消说，一路行舟遇到生活上的不便，就是经历的各种艰险也不计其数，何况只是一条木质的机船呢。

"沿路滩险不少，因水不大不小，平安渡过。只有十八日早过干碛窝，很吓人。我们船已漏水。若是船夫不用力，一碰在石头上就完了。我们看见水涡里冒出死人的肚腹。叙府上面有匪，我们也幸而未遇着。"从朱自清《致钟霞裳、金拾遗等》中，可见水路之凶险。而接下来的这一段汽车路，也并非坦途，朱自清在信中还告诉朋友由纳溪到叙永是"赶黄鱼"。什么是"赶黄鱼"呢？简单说，就是高价票。好不容易上了车了，汽车在山路上歪歪扭扭地行驶。朱自清在 10 月 26 日致朱光潜的信中，描写了那天的情境：不巧"天又下雨，车没到站因油尽打住。摸黑进城，走了十多里泥泞的石子路，相当狼狈"。又说，"叙永是个边城。永宁河曲折从城中流过，蜿蜒多姿态。河上有上下两桥。站在桥上看，似乎颇旷远；而山高水深，更有一种幽味"。旅途虽然辛苦、狼狈，但在朱自清眼里，河山依然是美丽的，依然"旷远"而有"幽味"。

朱自清是 1941 年 10 月 21 日到达叙永的。因一路辛苦，入住头几天，吃饱睡足，夜里接连做梦。梦后得诗一首并序，序云："九月日夕，自成都抵叙永，甫得就榻酣眠。迩日饱饫肥甘，积食致梦，达旦不绝，梦境不能悉忆，只觉游目骋怀耳。"这里的"九月日夕"应该是指农历。诗曰："山阴道上一宵过，菜圃羊蹄乱睡魔。弱岁情怀偕日丽，承平风物殢人多。鱼龙曼衍欢无极，觉梦悬殊事有科。但恨此宵难再得，劳生敢计醒如何？"到了 10 月 26 日，在致朱光潜的信中，朱自清对该诗做了解释，云："我的主人很好客，住的地方也不错。第一晚到这儿，因为在船上蜷曲久了，伸直了腰，舒服得很。那几天吃得过饱，一夜尽作些梦。梦境记不清楚，但可以当得'娱目畅怀'一语。第二天写成一诗，抄奉一粲。"这便是上述这首《好梦再叠何字韵》。

那么信中所说"很好客"的主人是谁呢？便是李铁夫。李铁夫出生于 1892 年，叙永人，毕业于四川陆军军官学堂。李铁夫热爱文艺，早就知道朱自清的文名。朱自清曾有《赠李铁夫》一诗，诗云："董家山舍几悠游，见说豪情胜辈流。载我倭迟下岷水，共君磊落数雄州。盘涡出入开心眼，抵掌从容散客愁。独去滇南无限路，主人长忆孟公俦。"从诗中可知，朱自清在致友人信中所说的"菜是李先生家另烧"中的李先生，即李铁夫。而李铁夫也和朱自清随船同行，"装机器"的大木船，或是李家的或李家租来的。

在叙永，朱自清一直住在李铁夫家。李家在叙永西城鱼市口开有"宝和祥"商号，是临街的大房子，三层，屋宇宽敞，高大气派，是叙永的商业中心。朱自清在此居住，一直勾留到10月30日。

正是在叙永的十天里，朱自清巧遇了新派新人李广田。

李广田是山东邹平人，1935年毕业于北大。他当然知道朱自清在新文学界的大名了，大约在1931年，还听过朱自清在北大红楼的演讲，演讲主题是陶渊明，那次演讲动静不小，主持人是北大中文系主任马幼鱼先生，北大红楼下西端的大教室里挤满了人，当时的李广田，还只是北大预科的学生。几年后，在叙永这个边城，能够和大名鼎鼎的诗人、教授相遇，李广田自然分外开心。在李家楼上，在出游中，李广田多次和朱自清畅谈文学，特别是白话诗的有关问题，有数次交流讨论。李广田说，真正和朱自清相识是在民国三十年（1941）十月，朱自清在成都休假期满，返回西南联大途经叙永，"相隔十年，朱先生完全变了，穿短服，显得有些消瘦，大约已患胃病，特别引起我注意的是他的灰白头发和长眉毛，我很少见过别人有这么长眉毛的，当时还以为这是一种长寿的征象。为了等车，他在叙永住了不少日子，我们见过几次，都谈得很愉快，主要的是谈到抗战文艺，尤其是抗战诗，这引起他写《新诗杂话》的兴致"（《记佩弦先生》)。朱自清也很高兴能在偏僻的小地方见到文坛新秀，而且谈吐不俗，对新诗很有见地。也就在这时候，朱自清萌生了写作《新诗杂话》的念头。

朱自清回到昆后一个多月后，便开始了《新诗杂论》的写作。

2015 年 12 月 8 日写于北京草房

2018 年 3 月 7 日修订于燕郊

标准与尺度

朱自清是 1946 年 6 月 14 日启程回成都家中过暑假的。他先是乘飞机于当天到达重庆，第二天在重庆访问了老朋友章锡珊和丰子恺后，16 日乘上通往成都的汽车，并于 17 日晚抵达家中。在处理完家中杂务后，和以往的暑假一样，访问和接待了在成都的老朋友，如叶石荪、吴宓、赵守愚、程千帆、彭雪生、罗念生、何其芳等，与其同时，开始写作。他先是花几天时间整理他历年所作的旧体诗，编集为《犹贤博弈斋诗钞》，于 7 月 7 日写了自序。接着陆续写作了《〈语文零拾〉序》、散文《教育家的夏丏尊先生》、杂论《关于"月夜蝉声"》、散文《我是扬州人》等文章。而从 1946 年 7 月 13 日费时两天写作的杂论《动乱时代》开始的几篇文章，以及后来写作的《闻一多先生与中国文学》《中国学术界的大损失——悼闻一多先生》（这两篇文章在收入《标准与尺度》时合二为一）、《日常生活的诗——萧望卿〈陶渊明批评〉序》等几篇，都收在了《标准与尺度》里。

1946 年 10 月 7 日，朱自清携家眷飞抵了北京。一回清华，朱自清有太多的事要做，有太多的书要编，有自己一大堆的计划要施行——多年的动荡、漂泊，损耗了他太多的精力和时间，也损耗了他的身体。但从他复员后两年中所做的工作看，他是要把损失的时光捞回来。

是的，朱自清比任何时候都要勤奋。他一边著书、写文，一边把自己过去零星的散篇编辑成书，陆续交出版社排版付印。季镇淮在回忆中如是说："复员以来，朱先生工作更多更勤了，身体更消瘦了，专题讲演会、时事座谈会、学术讨论会之外，几乎每日都伏案写作。"（《回忆朱佩弦自清先生》）伏案工作，成为朱自清最后两年的日常的状态。为了勉励自己，他还在自己书桌的玻璃板下边压着两句诗："但得夕阳无限好，何须惆怅近黄昏。"这是他亲自书写的近人的诗句。朱自清还不到五十岁，写此句，可见他的心思和心境。一方面觉得身体不行，虽然未进入老境，但心里还是隐约地担心；另一方面，也是主要方面，还是不能再消停了，惆怅是没有用处的，得抓紧工作了。

　　朱自清拟定的写作计划也很清楚，除偶尔写一两篇散文外（如《回来杂记》)，主要是语言文字方面的杂论及其他研究文章，这可能与他担任《新生报》的副刊《语言与文学》的主编有关。1946 年 10 月 16 日晚上，朱自清应《新生报》社长李诚毅的邀请，讨论了在该报开设副刊的事。朱自清对这个副刊兴趣很大，商定了栏目后，第二天，朱自清就写了发刊词《周话》，该文叙述了《语言与文学》副刊的发刊缘起和宗旨，指出"语言与文学"之间的关系，并说，"不以古代为限，而要延展到现代。讨论到古代的时候，也打算着重语言和文学在整个文化里的作用，在时代生活里的作用，而使古代跟现代活泼的连续起来，不那么远迢迢的，冷冰冰的"。朱自清在《回来杂记》中也说道："研究学术本来要悠闲，这古城里向来看重的读书人正是那悠闲的读书人。我也爱北平的学术空气。自己也只是一个悠闲的读书人，并且最近也主编了一个带学术性的副刊，不过还是觉得这么多的这么学术的副刊确是北平特有的闲味儿。"这里的闲，不是闲人的无所事事的闲，是要有时间的闲，静下来做研究的闲暇时间，如果天天奔忙于生活，天天为琐事操心，哪有时间躲进书斋写作呢。

所以，1946 年 10 月 21 日《新生报·语言与文学》创办后，朱自清开始了专栏式的写作《周话》——"一周一话"之意（《周话》在收入杂文集《标准与尺度》时，都重加了标题），在不长的时间内，朱自清就写作了十多篇，其中有《语文学常谈》《什么是文学》《鲁迅先生的中国语文观》《低级趣味》《诵读教学》《什么是文学的"生路"？》等，这些文章，成为他杂文集《标准与尺度》里的主要篇目，也是他这一段时间最切实的工作实绩。可以说，《标准与尺度》是朱自清复员后的最新创作集。该书还收入他其他一些书评和杂论，如《论标语口号》《论通俗化》《论严肃》《论吃饭》等。徐中玉在《评朱自清著〈标准与尺度〉》里中肯地说："本书文章很杂，但统贯全书的一致的观点却仍分明可见。这一致的观点就是'民主'二字。但这并非一个口号，或一号召，他讨论问题，往往从历史上说起，源源本本，使人没法裁诬说这是平地起哄；又从当前的社会环境说其所以如此，或不得不如此的理由，更使人没法否认这实在是一条自然的——无可避免的出路，即民主的尺度仍是自然必然的尺度，能够如此说法便决非捕风捉影之谈。"这也是朱自清行文的风范，上至古代，下至当下，相互映照，把"理"说得很透彻，如书中的《论气节》一文，在分析批判了传统读书人的立身处世之道"气节"中，指出了有所不为的"节"，实际上是一种消极的人生观，"忠节至多造就一些失败的英雄，高节更只能造就一些明哲保身的自了汉，甚至于一些虚无主义者"。作者又进一步分析了现代知识分子的"气节"状况："知识阶级开头凭着集团的力量勇猛直前，打倒种种传统，那时候是敢作敢为一股气。可是这个集团并不大，在中国尤其如此，力量到底有限，而与民众打成一片又不容易，于是碰到集团的武力，甚至加上外来的压力，就抵挡不住。而一方面广大的民众抬头要饭吃，他们也没法满足这些饥饿的民众。他们于是失去了领导的地位，逗留在这夹缝中间，渐渐感觉着不自由，闹了个'四大金刚悬空八只脚'。他们于是只能保守着自己，这也算是节罢；也想缓缓的落下地去，可是气不足，得等着瞧。可是这里的是偏于中年一代。青年代的知识分子却不如此，他们无视传统的'气节'，特别是那种消极的'节'，替代的是'正义感'，接着'正义感'的是'行动'，其实'正义感'是合并了'气'和'节'，'行动'还是'气'。这是他们的新的做人的尺度。等到这个尺度成为标准，知识阶级大概是还要变质的罢？"可以看出朱自清这篇文章写得多么用心，其观点的拿捏多么恰如其分。有意思的是，到了 1947 年 4 月 11 日，朱自清还赴清华文法讲讨室为通识学社社员作《论气节》的演讲。据季镇淮在《回忆朱佩弦自清先生》一文中说，这次演讲，"也是党领导下的团结争取知识分子的活动，……听讲者有十几人。这是有秘密性质的小型讲演会"。也是在这次演讲后，朱自清于 4 月 14 日费时两日，根据演讲的内容写成了文章《论气节》，并发表于本年 5 月 1 日出版的《知识与生活》第二期上。

虽然抓紧时间写作，但朱自清对待作品依然一丝不苟，《标准与尺度》里有一篇《论诵读》，写于 1946 年 12 月 22 日，费时四天才写成。该文论述了诵读对于培养学生的理解和写作能力的意义及作用，是一篇通俗易懂的文章。当时沈从文担任《大公报》副刊《星期文艺》的编辑。朱自清把稿子写好后，寄给了沈从文。没想到沈从文回信说，稿子好像没写完，让朱自清去看看。1947 年 1 月 4 日朱自清到了沈从文的家里，拿到稿子一看，发现是缺了半页。沈从文当天就要发稿，"让我在他书房里补写那半页。说写完了就在他家吃午饭。这更是逼着赶了。等我写完，却在沈先生的窗台上发现那缺了的末半页！沈先生笑着抱歉说：'真折磨了你！'但是补稿居然比原来详明些，我就用了补稿"（《标准与尺度·自序》)。这也算是小插曲吧。《标准与尺度》一书中，许多稿子都是经沈从文之手首发在《大公报》的《星期文艺》上的。其中 1947 年 2 月 21 日写作的《文学的标准与尺度》（发表在本年 3 月 12 日《大公报·星期文艺》上），还取其中的"标准与尺度"做了书名。

　　1947 年 12 月 7 日，朱自清写作了《标准与尺度》的序言，发表在 12 月 23 日《新生报·语言与文学》上。1948 年 4 月，该书由文光书店出版。

2018 年 3 月 26 日于燕郊

论雅俗共赏

进入 1948 年，朱自清的胃病越来越严重了。在元旦这天，清华大学中文系师生在余冠英的住宅举行新年同乐会，事实上就是一场私人性质的晚会，朱自清也参加了。据参加晚会的柏生先生在《纪念朱自清师逝世二周年》一文中回忆说："当时从解放区带过来的秧歌，已经在清华园里流行。那天的晚会主要节目就是扭秧歌。自清老师带着病，但还是兴致勃勃地和同学们在一起热烈地扭起来。同学们给他化了装，穿上一件红红绿绿的衣服，头上戴了一朵大红花。他愉快地兴奋地和同学们扭在一个行列里，而且扭得最认真。他这种精神使许多师生受了感动。"文中提到的"带着病"，就是指他的胃病。带病扭秧歌，我私自猜测，除了对这种新生事物的接受，更多地还是想着锻炼身体。早在 1947 年 10 月 24 日，朱自清日记曰："晚参加中国文学会之迎新会。学扭秧歌。晚会甚有趣。惟梦家的话令人不快。"朱自清不是一个保守派，对扭秧歌之事，觉得"甚有趣"，很愿意接纳。但陈梦家却说了一些风凉话。陈梦家说了些什么呢？据朱自清学生周华回忆，陈梦家认为是很可笑的、"无法明了"的事。但是，在同学们看，却不是这样，"在我们初想到这样一个瘦瘦的五十岁的人，挤在男女学生一起，也进三步退一步地舞起来，似乎觉得不很习惯。可是，只要我们不肯停顿这最表面浮浅的看法，只要我们还有一点理智来明了这中年的精神，那么，当我们看到这种向一个新时代学习的态度，这种对人生负责的严肃态度，应该不胜钦敬罢"（《由哀悼死者想起》，作者周华，载 1948 年 8 月《大公报》）。朱自清的日常生活，就是教学和写作，在胃病折磨他的那些日子里，他会想到自己的身体，会想到如何强身健体，扭扭秧歌，适当地运动运动，舒展一下筋骨，应该就是很实在的动因吧。朱自清复员回京后，在日记里，多次有关于写文章的记录，如 1947 年 10 月 1 日，连续 10 天，都在写文章。此外也有多次关于胃病发作或"甚倦""疲倦""甚疲""疲甚""倦极"的记载，如 1947 年 12 月 27 日日记云："读《西沃尼》杂志。疲倦。"29日日记云："参加庆祝梅先生诞辰的晚餐会，饮酒甚多。"或许是饮酒多又加写作的缘由吧，30日日记云："写成《诗与画》一文。疲甚。"1948年1月2日朱自清胃病发作，当日日记写道："胃不适，似痛非痛，持续约十二小时，最后痉挛，整夜呕水。"3日日记有"看病"的记录。4日日记云："下午不得不卧床，整夜呕水，苦不堪言。"5日日记云："休息。不能进食。"6日日记云："仍病卧。"7日日记仍"休息"。8日日记云："饮藕粉少许，立即呕吐。"9日日记云："饮牛乳，但甚痛苦。"10日日记云："无进步。"11日日记云："稍好转，欲起床。"连续十多天的病，对于一位体重只有四十多公斤的人来说，实在是难以抵挡啊。在和病魔抗争中，他的文章照写不误。比如1948年2月10日的日记云："下午出去拜年，不过还是忙里偷闲为昨日开始的文章写了一页纸。"11日、12日、13日都在写文章和改文章，16日也有"继续写文章"的记录。18日，"完成文章"。19日，"修改文章"。22日日记云"开始写《说老实话》一文"，到了24日方"写完文章"。一边生病，一边写文章，这还不算写信、日常事务和教学工作。这样写着病着，病着写着，到了3月7日，病情加重了，当天的日记曰："晚大量呕水。"10日"胃病恶化"。11 日："午饭食过量，胃胀。……胃痛又犯，整夜呕吐不能入睡。此上月以来第二次发作。"12 日："减食。开始写《文物·旧书·毛笔》一文。仍感胃痛。"19 日："胃极不舒。……晚胃痛并呕吐。"20 日至 23 也有"呕吐""仍呕吐不止""仍呕吐""倦甚"等记录。25 日日记云："卧病多日，今日始下床。每隔两小时吃一次东西，且不能与孩子同桌进食，实一生中最危急关头。"读到此处，真让人倍感痛惜。陈竹隐在《忆佩弦》一文中也说"他五十一岁了"，"身体更加衰老"，"带着一身重病，拼着命多写文章，经常写到深夜甚至天明"。

《论雅俗共赏》一书，就这样，在病痛中写作、编成了。

朱自清如此勤奋，生怕蹉跎了岁月，耽误了时光，在 1947 年 12 月写作《标准与尺度》的自序里，更是直白地说："我得多写些，写得快些，随便些，容易懂些。"就在编辑《论雅俗共赏》期间，还写了一首带有自勉性质的旧诗："中年便易伤哀乐，老境何当计短长。衰病常防儿辈觉，童真岂识我生忙。室人相敬水同味，亲友时看星坠光。笔妙启予宵不寐，羡君行健尚南强。"自注说："夜不成寐，忆业雅《老境》一文，感而有作，即以示之。"

《论雅俗共赏》的编选原则，朱自清在《序》中说得很明白了，"其中《美国的朗诵诗》和《常识的诗》作于三十四年"，即 1945 年。《美国的朗诵诗》就发表在1945 年出版的《时与潮文艺》上，该杂志是 1943 年创刊的，老舍、臧克家等人都在该杂志发表过作品。《时与潮文艺》是中国抗日战争时期一份质量较高的比较文学和世界文学专业期刊。《常识的诗》发表在 1945 年的《文聚》杂志上。《文聚》杂志，是西南联大"文聚社"主办的一本杂志。1941 年，西南联大爱好文学的学生发起成立，早期社员有林元、蔡汉荣、李典、马杏垣、穆旦、杜运燮、汪曾祺等人，除编印《文聚》（1942年 2 月 10 日创刊，1945 年为"文聚社"同人主编的报纸《独立周报》的副刊），还出版《文聚丛书》。时任西南联大教授的朱自清，不但支持"文聚会"，还把稿子给《文聚》，以实际行动支持"文聚社"。《论逼真如画》初稿写作于 1934 年，"是应郑西谛兄的约一晚上赶着写成的"，朱自清在选编该书时，"重读那篇小文"，"觉得有些不同的意见"，"因此动手重写"，"又给加了个副题目《关于传统的对于自然和艺术的态度的一个考察》"。除了这三篇而外，其他各篇，写作起手于 1947 年 8 月 19日，第一篇叫《论朗诵诗》，共花费了五天时间。该文对抗战以来兴起的朗诵诗，做了详细的分析和论述。朗诵诗具有号召性、战斗性和鼓舞性的特征，节奏感强，老百姓能听得懂，可以激发人的思想。朱自清在该文中指出其内容特征在于表达了群众的心声，其艺术特点在于火爆简练，其作用是宣传的工具和战斗的武器。像朗诵诗这种形式，应该就是属于雅俗共赏型的吧。和《标准与尺度》一书相同，《论雅俗共赏》也是一本新创作的杂文论文集。在1947年下半年新学期开学后的一段时间里，朱自清开始密集地创作，10月10日作《论百读不厌》，10月15日作《鲁迅先生的杂感》。关于这篇文章，朱自清在《序》里也有专门的交代，说该文是"给《燕京新闻》作的鲁迅先生逝世十一周年纪念论文，太简单了，本来打算不收入本书的，一位朋友却说鲁迅先生好比大海，大海是不拒绝细流的，他劝我留着"。朱自清和鲁迅认识很早，却没有什么交情，这是人所共知的。鲁迅和那么多人"战斗"过，却一直对朱自清很"客气"，从另一面也说明朱自清的为人和做文，虽然不能说受到了鲁迅的欣赏，但至少鲁迅是不反感的。朱自清的这篇文章，并非像他说的"太简单了"，是真实地谈出了一点东西的，特别是他认为鲁迅把诗和文结合成"杂感"，是创造了新的文体，还颇为欣赏地写道："'狭巷短兵相接处，杀人如草不闻声'，这是诗，鲁迅先生的'杂感'也是诗。"朱自清指出，鲁迅对自己像"投枪"和"匕首"的短章，被人称作"杂感"，并没有什么不快，还在《三闲集》的序言里自我调侃："有些人们，每当意在奚落我的时候，就往往称我为'杂感家'。"但他还是愿意称自己的这类文章为"杂文"，在《二心集》的序里，就说"这是一九三〇年与三一年两年间的杂文的结集"。朱自清最后的结论是，"杂文"于是乎成了大家都能用，尖利而又方便的武器了。10月26日作《论雅俗共赏》，该篇从"雅俗共赏"这一成语入手，分析了自唐宋以来，中国上层社会的士大夫文艺和民间流传的通俗文艺相互影响的关系和趋势，指出抗战以来的从通俗化运动到大众化运动的发展过程，使现代文艺走向没有"雅俗"，只有"共赏"的局面。从上述这些文章来看，朱自清并没有躲进书斋，写那些高头讲章，而是都和现实生活相互挂钩和映照，文章为时代所用。特别是费时四天，于11月15日完成的《论书生的酸气》一文中，在剖析了中国传统知识分子"寒酸"的弱点后，一针见血地说："至于近代的知识分子，让时代逼得不能读死书或死读书，因此也就不再执着那些古书。文言渐渐改了白话，吟诵用不上了；代替吟诵的是又分又合的朗诵和唱歌。最重要的是他们看清楚了自己，自己是在人民之中，不能再自命不凡了。他们虽然还有些闲，可是要'常得无事'却也不易。他们渐渐丢了那空架子，脚踏实地向前走去。早些时还不免带着感伤的气氛，自爱自怜，一把眼泪一把鼻涕的；这也算是酸气，虽然念诵的不是古书而是洋书。可是这几年时代逼得更紧了，大家只得抹干了鼻涕眼泪走上前去。这才真是'洗尽书生气味酸'了。"在1947年12月里，朱自清一个月内写作各种文章九篇，其中有四篇收在《论雅俗共赏》里，计《歌谣里的重叠》《〈语文通论〉〈学文示例〉》(收入《论雅俗共赏》时改题为《中国文的三种型——评郭绍虞编著的〈语文通论〉与〈学文示例〉》)、《禅家的语言》《诗与话》。朱自清这么一路写下来，到1948年2月28日，他写作序言时，《论雅俗共赏》一书已经编好，收入杂论十四篇。朱自清在序中说："所谓现代的立场，按我的了解，可以说就是'雅俗共赏'的立场，也可以说是偏重俗人或常人的立场，也可以说是近于人民的立场。书中各篇论文都在朝这个方面说话。《论雅俗共赏》放在第一篇，并且用作书名，用意也在此。"

该书于1948年的5月作为"观察丛书之七"，由上海观察社出版发行，正是朱自清胃病加重之时。上海观察社是著名报人、出版家储安平创办的，编辑出版《观察》周刊。朱自清的那篇《论雅俗共赏》就发表在 1947 年 11 月 18 日出版的《观察》第 3 卷第 11 期上，另一篇《论朗诵诗》也发表在《观察》上。该杂志创刊于 1946 年 9 月，最高发行量达到十几万份。

本书在编辑过程中，所据的就是上海观察社的版本。

2018 年 1 月 5 日

语文影及其他

　　和《论雅俗共赏》一样,《语文影及其他》也是抱病编成的。

　　在长期的教学和写作中,朱自清深知口语、方言等语言是白话写作中的重要一部分,其意义非常值得研究,"十几二十年前曾写过一篇《说话》,又写过一篇《沉默》,都可以说是关于意义的。还有两三篇发表在天津《大公报》的文艺副刊上……这两三篇东西,有一位先生曾当面向我说:'好像都不大好了',我自己也觉得吃力不讨好,因此丢就丢了,也懒得托人向报馆或自己去图书馆在旧报里查一下"(朱自清1948年3月《语文影及其他·序》)。

　　西南联大时期的朱自清,经过一段时间的思考和沉淀，对于这类题目重新有了兴趣，于 1939 年 5 月 31 日写了一篇《是勒吗》，后边还加了破折号，谓"语文影之一"。

"语文影"系列文章的写作，开启了他语文研究的一扇窗户。在说到"语文影"写作的缘起时，朱自清在《写作杂谈》里说："我读过瑞恰慈教授的几部书，很合脾胃，增加了对语文意义的趣味。从前曾写过几篇论说的短文，朋友们似乎都不大许可。这大概是经验和知识还不够的缘故。但是自己总不甘心，还想尝试下。于是动手写《语文影》。"朱自清的这段话，和他在《语文影及其他》的序里所说的差不多，而朋友们的"不大许可"或认为"不大好"，也是他"总不甘心"的缘由。

这篇《是勒吗》写成之后，随即就发表在昆明《中央日报》的副刊《平明》第十七期上。但隔了好几个月，直到 1939 年 10 月 16 日，朱自清才花两天时间，写了第二篇《狠好》。隔了这么长时间才有第二篇问世，中间有了点小插曲，原来，《是勒吗》发表之后，"挨了云南人的骂，因为里面说'是勒吗'这句话是强调，有些不客气。那时云南人和外省人间的了解不够，所以我会觉得这句话本质上有些不客气，后来才知道这句话已经不是强调，平常说着并不带着不客气。当时云南人却觉着我不客气，纷纷的骂我；有些位读过我的文章来骂我，有些位似乎并没有读到我的文章，只是响应骂我的文章来骂我，这种骂更骂得厉害些。我却感谢一位署名'西'字的先生的一篇短短的平心静气的讨论，我不知道他是哪里人。他指出了我的错误，说这句话应该写成'是喽嘛'才对，他是对的"（《语文影及其他·序》）。其实这篇《狠好》，后来在收入《语文影及其他》时，标题也改作现在我们通常所说的《很好》了。1940 年 2 月 1 日，写作了《如面谈》，花了四天时间。近一年后的 1941 年 1 月 5 日才又写了篇《撩天儿》，这篇文章发表在《中学生战时半月刊》上。"战线"如此之长，可见朱自清是把"语文影"系列文章当作长期计划的。后来陆续还有这方面语文杂论，如《不知道》等，就没有加上副标题"语文影之 ×"的字样了。

　　"语文影"系列文章和关于语言文字的杂论，后来被朱自清编入《语文影及其他》一书中，已经是 1948 年 3 月间了，其时朱自清胃病严重，时好时坏，3 月 19 日至 25 日，几乎每日呕吐。在给次子朱闰生的信中说："我最近又病了六天，还是胃病，不能吃东西，现在复原了。这回瘦了很多，以后真得小心了。"也是在这个月里，朱自清抱病开始编辑《语文影及其他》并写了序言。

除了少数几篇，书里的大部分文章，都是写于西南联大时期，第一篇《是勒吗》的创作时间距编书时，已长达九年。朱自清在《序》中叙述了这本书的缘起和内容，称原打算写两部书，一部是《语文影》，主要谈"语言文字的意义"，"但是这类文章里不免夹着玩世的气氛，后来渐渐不喜欢这种气氛了，就搁了笔"。另一部是《及其他》，朱自清说，"指的是《人生的一角之辑》，《人生的一角》也是计划了而没有完成的一部书。我没有发表过这个书名，只跟一两位朋友谈起过。这一类文章应该是从《论诚意》起头"。朱自清本想"站在'一角'上冷眼看人生"，但因也沾着玩世的味儿，认为"时代越来越沉重，简直压得人喘不过气，哪里还会再有什么闲情逸致呢！我计划的两部书都在半道上'打住'了。这儿这本拼凑起来的小书，只算是留下的一段'路影子'罢了"。

在编书过程中，朱自清想起那篇《是勒吗》闹的小纠纷，他参照当时的相关意见，做了修改，"题目里跟本文里的'勒吗'也都改过了"。又说，《是喽嘛》之后，我又陆续地写了一些。曾经打算写得很多，《语文影》之外，还要出《语文续影》《语文三影》"。这可真是大计划啊，可惜这些计划都没有完成，真是被"越来越沉重"的生活重负压得喘不过气了。对于书名中的"及其他"，朱自清也做了说明，"本来打算叫做《世情书》，'世情'是'世故人情'的意思。后来恐怕有人误解'世情'为'炎凉'的'世态'，而且'世情书'的名字也似乎太大，自己配不上，就改了《人生的一角》。'一角'就是'一斑'，我说的种种话只算是'管见'；一方面我只是站在'一角'上冷眼看人生，并不曾跑到人生的中心去。这个冷眼，有玩世的味儿。《正义》一篇，写在二十五年前，也沾着这个味儿"。

《论诚意》一篇，写于在成都休假时期，该文论述了"诚意"作为人的品性和态度，在立身处世上的种种联系和区别，认为"人为自己活着，也为别人活着。在不伤害自己身份的条件下顾全别人的情感，都得算是诚肯，有诚意"。鲁迅也早就表达过这个意思，他的话更为尖刻，大概是说：如果一个人做善事好事，又能让别人受益，这种事一定要做；如果做损人而利己的事，也可以去做；最不能做的事是，损人而不利己。朱自清的"诚意"论，语气更为和气，道理更为浅显，能够为普通人所接受。所以叶圣陶将此篇文章当成范文，向中学生讲解分析。

朱自清两本书的计划，实际上"合二为一"也只完成这薄薄的一本，除一篇《序》外，共分两辑，《语文影之辑》和《人生的一角之辑》，前者收《说话》《沉默》《撩天儿》《如面谈》《人话》《论废话》《很好》《是喽嘛》《不知道》《话中有鬼》十篇。后者收《正义》《论自己》《论别人》《论诚意》《论做作》《论青年》《论轰炸》《论东西》八篇。这一辑中的文章，跨度达二十余年，最早的一篇《正义》写于1924年，收在和俞平伯自办的杂志《我们的七月》里。最后一篇《论青年》写于1944年。

该书编好后，因朱自清不久即去世，未及出版。1985年10月由中国文联出版公司出版，是为初版本。

2017年11月22日

犹贤博弈斋诗钞

　　1946 年暑假期间，朱自清按惯例回成都度假。这次旅途用了四天时间，一路上颇为劳顿和苦辛，6 月 14 日日记云："仓卒赶至中华航空公司，又急忙至机场，等西康方面来飞机达三小时，晚宿聚元村二十二号。"15 日日记云："上午访雪山及子恺。将外套交雪山。参加三校叙旧晚宴。"雪山即章锡珊，子恺即丰子恺。16 日日记云："晨乘长途汽车，编号上车。前排为一对讲泸州方言之夫妇，盖世太保也。座旁为一讲本地方言之女子。在永川镇午饭，未到神木镇天即降雨。等渡船两小时，一辆青年军汽车定要走在我们前面，他们大概看准我们的车要出毛病。果然，离内江不到一公里，司机发现两个车胎坏了，只好停车，雇人力车到镇找旅舍住下。两小时后，汽车方到并卸下行李。劳累不堪，致吃的一碗面全吐光，赶紧休息。大雨彻夜不停。"如此折腾到 17 日晚上才回到家中。到家才知道夫人陈竹隐生病住院。当日日记说"所幸病不甚重"。朱自清刚回到成都，就又开始忙碌了，陪夫人治病，又接连地拜访、接待亲友或出席朋友的聚会，在接下来几天的日记里出现的朋友就有叶石荪、钱锺书、程千帆、吴宓、赵守愚、刘明扬、南克敬、吴景超、彭雪生、周太玄、萧公权、钱穆、谢文通等十数人。直到 7 月 1 日，才坐下来，把 1937 年以来写作的古典诗词重新整理、抄写，到了 4 日，费时四天完成。当天日记云："写成诗稿，为此甚喜。"好心情是有延续的，7 月 5 日这天，他作了一首《〈客倦〉次公权韵》一诗，顺手录进了新编的诗集中。又于 7 日，写成了诗集序言，该序言用骈体写成，交代了自己创作旧诗的缘起和经过，曰："惟是中年忧患，不无危苦之词；偏意幽玄，遂多戏论之类，未堪相赠，只可自娱，画蚓涂鸦，题签入笥，敢云敝帚之珍，犹贤博弈斋之玩云尔。"至此，《犹贤博弈斋诗钞》编写完毕。虽然日记中说所写的序言"不甚满意"，但心情显然比前几日更为愉快，还率领全家去照相馆拍了照片。

但这本集子并不是最终版，编好后，又陆续补充了新作的旧诗，从集子中《〈客倦〉次公权韵》之后的一首《贺金拾珊、张弢英婚礼》至最末一篇《赠程砚秋君及高足王吟秋君》的十数首，就是陆续添进手抄稿本中的。最后一首《赠程砚秋君及高足王吟秋君》写于1948年2月17日。

从该诗集编排顺序看，和另一本古典诗词集《敝帚集》一样，是以时间顺序编排的。第一首《漓江绝句》写于1938年2月25日，此时朱自清和长沙临时大学的师生们正分三路千里迢迢地奔波在去昆明的路上（组建西南联大），那么是哪三路呢？一路是由大部分学生编成，组成湘黔滇旅行团，步行赶往昆明，还计划途中做些调查研究，身体好的教授愿意而且能够步行的也和学生大队一起出发。性格豪迈的闻一多就是随着"旅行团"向大后方挺进的。另一路师生由粤汉铁路乘火车到广州经香港、越南入滇。而朱自清和冯友兰、陈岱孙、汤用彤、钱穆等十余名教授走的是另一条路，乘汽车从南岳动身赶往昆明。朱自清的这一支小队伍，于1938年2月17日，经过一天多的颠簸，于中午时分到达桂林。在接下来的几天中，朱自清和冯友兰等人游览了桂林著名的风景名胜，七星岩、月牙山、珠洞、木龙洞、风洞山等。此后，又一连几天游览了漓江山水。朱自清在1938年2

月 18 日日记中说："见到'平蛮三将碑'，及'元祐党人碑'。七星岩之岩洞不如上方山。导游以韵文作说明，称为仰山，亦赶行情之意也。"在 21 日日记中说："十二时半乘船去阳朔。我们得三艘平底船，我乘较大的一艘。航行很慢，景色不错。下午七时在龙门抛锚，是一小村庄。村民正在举行仪式，他们唱着，敲着鼓，从庙里抬出一木制龙头。那歌声，在我听来很悲伤。鼓声伴着歌声敲得很响。拖拽船只上水之纤夫与船上的全体人员在同大自然搏斗时悲哀地呼喊。那喊叫和姿态很刺激我们的感觉。"这是朱自清记得较为详细的一次日记，可见村民的奠祀场景给他留下深刻的印象。晚上住在宾馆，朱自清和冯友兰等人听留声机唱片，还讨论家庭和婚姻诸事。就这样度过了极其丰富的一天。本月 22 日继续在漓江游览，更是痛快尽兴，当天的日记说："竟日在舟中。风景愈行愈美，岸上奇山如屏风。朝过大墟，晚宿羊皮村。"大约是玩得太过尽兴了吧，朱自清这天破了点小财，不小心把眼镜丢了。夜里还做一个噩梦，在梦中几乎死去。玩了两天后，朱自清一行于 24 日这天，登上了由桂林那边开过来的汽车，教授们又是一路急行，于当日晚上到达柳州。柳州也是美丽的城市，他们还不顾舟车劳顿，趁夜参观柳州的旧城。第二天即 25 日，更是早早就来到柳州著名的名胜立鱼峰参观游览，游览结束后，即往南宁进发。

就是在连续的长途奔波和顺带的参观游览中，朱自清有了诗情和灵感，河山虽然美丽，战局却不很乐观，一路思之想之，于1938年2月25日到了南宁后，成诗一首："招携南渡乱烽催，碌碌湘衡小住才。谁分漓江清浅水，征人又照鬓丝来。"最后一句，化用的是陆游《沈园》诗里的"伤心桥下春波绿，曾是惊鸿照影来"之句。诗后意犹未尽，又接连写出了数首，经修订后，稿成《漓江绝句》四首，也就是《犹贤博弈斋诗钞》中的第一首。

需要指出的是，这首《漓江绝句》并不是这本诗钞的第一首。第一首应该是1937年12月17日所作的《南岳方广道中寄内作》，是记本年12月11日至13日在南岳临时大学时登衡山而发的感想。该诗原本没有收入，后来用蓝色字迹补抄（原书稿字迹为黑色），补抄稿诗题后有"廿八年作"字样，此字样和"1939年"疑为笔误，也可能是指修改日期。因此诗和日记里所记有一字之差，1937年12月17日日记里所记的诗云："勒住群山一径分，乍行幽谷忽干云。刚肠也学青峰样，百折千回只忆君。"而补抄稿的最后一句为"百折千回却忆君"。

接下来从《题白石山翁作〈墨志楼刊经图〉》至《发叙永，车中寄铁夫》共40首，作于1940年下半至1941年10月，这一年多的时间是朱自清在成都的例行休假，也是他创作和研究的一个高峰期。大量诗作集中在这段时间里，可以说是《犹贤博弈斋诗钞》的一个现象；还有一个现象就是，所作的诗和叶圣陶、萧公权、浦薛凤三人关联最多。

朱自清和叶圣陶是老朋友了，此时叶圣陶也在四川，朱、叶经常见面，还合作编国语教材《略读指导举隅》和《精读指导举隅》，因此老朋友之间便常有唱和之作。如1941年4月22日，朱自清写了《近怀示圣陶》五古，该诗历数抗战以来，个人和家庭所遭受的种种磨难，流露出一种沉郁愤懑的情绪。两天后，叶圣陶到朱宅探访，话题转到诗上来，朱自清以这首诗相赠。谈到开心处，索性携茶酒到附近的望江楼，啜著长谈，继之小饮，欢会难得，日暮始别。这天的日记，朱自清有这样的话："圣陶确有勇气面对这伟大的时代。但他与我不同，他有钱可以维持家用，而我除债务外一无所有。"又过三天，叶圣陶还沉浸在那天的情绪中，作《采桑子——偕佩弦登望江楼》记其事："廿年几得共清游，尊酒江楼。尊酒江楼，淡日疏烟春似秋。天心人意逾难问，我欲言愁。我欲言愁，怀抱徒伤还是休。"叶圣陶在这天的日记中写道："上星期六与佩弦游望江楼，意有所怅感，今日作成《采桑子》小词，书寄之。"5月8日夜，他再于枕上成诗："天地不能以一瞬，水月与我共久长。变不变观徒隽语，身非身想宁典常？教宗堪慕信难起，夷夏有防义未忘。山河满眼碧空合，遥知此中皆战场。"这首《偶感》，可以说是《采桑子》的演进。5月10日到12日，朱自清费时两三日，又作《赠圣陶》诗一首，并写信给叶圣陶，约在公园茶叙。一时间，诗，成了他们精神世界和情感世界相互联络的纽带，也是他们在国难当头、艰苦岁月中砥砺操守和弘扬正气的论坛。朱自清的《赠圣陶》为古风，长三十六句，深情叙述了二十年来和叶圣陶的友谊，同时怒斥了日寇的猖狂。该诗从盛赞叶圣陶"谦而先""狷者行"的德行起句，回忆当年在西湖荡舟，于一师纵谈的友情。大约是受了《偶感》的感染，朱自清不再愁苦，而是发出了抗争之意，末尾数语尤为铿锵有力："浮云聚散理不常，珍重寸阴应料量。寻山旧愿便须偿，峨嵋绝顶倾壶觞。"叶圣陶得诗后，也作了《次韵答佩弦见赠之作》。1941年5月17日，朱自清赴少城公园鹤鸣茶社等候叶圣陶，因空袭警报响起而未能相见。24日，再次赴少城公园。朱自清在当天的日记中说："在公园遇圣陶，但迟到半小时，他在公园门外的茶室等我，而我在门内。我们评论国内形势。他示我以答赠的诗，写得很好。"1941年6月21日，朱自清、叶圣陶又在少城公园会面，除了交换文稿之外，还少不了谈家常，话旧友，当然诗词还是他们的主要话题——朱自清把萧公权、吴徵铸、施蛰存三人的诗词给叶圣陶看，朱、叶少不了对三人的诗做了中肯的点评。这回闲谈更晚，"至五时半而别"。7月15日这天，朱自清赴叶圣陶家的宴会，在座的有贺昌群。叶圣陶在日记里说："昨夜雨，今晨不止，约昌群、佩弦二兄以今日，恐未必能来……十二时，二兄果来，大喜。即相与饮酒。饭毕闲谈，亦无甚重要话，唯觉旧雨相对，情弥亲耳。"这才是真朋友啊，不一定有什么重要的事情，哪怕见上一面，也是快意。但是时间到了1941年8月30日，朱自清在少城公园绿荫阁茶社约见叶圣陶时，心情却有些异样。叶圣陶说："佩弦至，交换看文稿诗稿，闲谈近况，颇快活。五时，偕至邱佛子吃小酒。佩弦于下月二十日以后至重庆，在重庆候机至昆明。再一二面，即为别也矣。"话中不免流露出惆怅和不舍之情。一年的休假就要结束了，好像转瞬间，朱自清又要回到西南联大教书了。在当时，"著书都为稻粱谋"，对于朱自清来讲，已经是很奢侈的说法了——教书只不过是为了糊口。9月20日这天，叶圣陶到朱自清家里来探行期，知道朱自清"拟自水道至泸州，搭西南运输处车辆往昆明"。21日，叶圣陶作成二律《送佩弦之昆明》，为朱自清送行，诗之一云："平生俦侣寡，感子性情真。南北萍踪聚，东西锦水滨。追寻逾密约，相对拟芳醇。不谓秋风起，又来别恨新。"之二云："此日一为别，成都顿寂寥。独寻洪度井，怅望宋公桥。诗兴凭谁发？茗园复孰招？共期抱贞粹，双鬓漫萧条。"1941年10月4日，朱自清最后一次和叶圣陶在少城公园喝酒，酒后，两个人握手，郑重道别，朱自清眼含热泪地说，下次再见，恐怕要到抗战胜利以后了。8日，朱自清搭乘小船前往泸州，正式告别了成都。朱自清在船上念及叶圣陶的送别诗，也作诗二首，曰《别圣陶，次见韵赠》。

萧公权出生于1897年，1920年清华学校毕业，旋留学美国，几年后获得博士学位，曾任清华大学、四川大学等高校教授。朱自清在成都期间，和他来往很密切，《犹贤博弈斋诗钞》里，朱自清和萧公权唱和的诗作约有23首之多。浦江清在《朱自清先生传略》里谈及朱自清这一时期的诗作时，说："暇居一年，与萧公权等多倡酬作旧诗，格律出入昌黎、圣俞、山谷间，时用新意，不失现代意味。"萧公权在《问学谏往录》中，说朱自清是他"学诗过程中最可感谢的益友"。叶圣陶在 1940 年 12 月 24 日日记中云："晨得佩弦书，抄示所作《普益图书馆记》及和萧公权诗三首……佩弦和作，如'荆榛塞眼不知路，风雨打头宁顾身'，'八口累人前事拙，一时脱颖后生多'，'尽有文章能寿世，那叫酒脯患无赀'诸韵，亦可诵。"1941 年 3 月 8 日，朱自清写旧诗《得逖生书作，次公权韵》，第二天的日记云："昨夜赋诗二首和萧君，今天为此不足道的成绩颇为兴奋。将这两首诗写给浦与萧。"这里的"浦"，即浦薛凤，逖生是他的号，浦薛凤曾和朱自清是清华大学和西南联大的同事。3 月 16 日日记云："上午到光华大学访守愚及公权，守愚检查肾脏，结果尚不知道。菜甚好。尤其谈话甚有趣。公权告寅恪已就任香港大学教授，雨僧到大学。"又说"晚写诗如下"，便是这首《过公权守愚郊居》。从这些诗作看，朱自清和朋友们的情谊是真挚而深厚的，也兼有借诗作提高自己学问和抒怀自己情感之意。有意思的是，多少年之后，朱自清还把在成都的这些诗作，编了一卷诗集，作为对那段岁月的怀念。在 1947 年 4 月 14 日的日记里，朱自清云："用三小时的时间集成《锦城鸿爪》手册一卷。"

和浦薛凤的唱和时间更早，1936 年 10 月 20 日，朱自清在日记里说，"昨日赋诗一首：秋光未老且偷闲，裙屐招邀去看山。脚见愁峰顿清切，眼明红树忽斑斓。羲和欲乘六龙逝，夸父能追一线殿。此日诗成弄彩笔，异时绝顶更跻攀"。诗名曰：《逖生见示香山红叶之作，即步原韵奉和》。查朱自清日记，知道他们这次香山之行是在 1936 年 10 月 17 日下午，"我们游香山，欣赏绚烂的红叶，时间已是午后，我们一直在阴影中行走，日落前尽兴而返。是一次愉快的旅游"。和朱自清同时游览的浦薛凤回来即作诗一首，并请朱自清过目欣赏。朱自清于 19 日诗成。后来，浦薛凤弃文从政，1940 年年底，浦薛凤从重庆赶到上海，与从北平赶到上海的妻儿团聚，之后，又冒着极大的风险，回到沦陷区的常熟老家，拜谒父母。这次只身深入日伪统治区，倍感艰险，作了二首诗，第一首《回里拜双亲五日拜别》，诗云："只身万里冒艰危，欢拜双亲愁别离。名位区微甘唾掷，江山摇撼愿扶持。阖家骨肉平安庆，到处烽烟离乱悲。儿去媳归代侍养，天恩祖德两无疑。"第二首《沪滨与佩玉暨诸儿女聚而复别》，诗云："湘滇独处复飞川，异地相思缱绻怜。沪渎聚欢转喜悦，乾坤混沌待回旋。匡扶邦国愧才绌，待养翁姑感慧贤。卿去虞山吾返蜀，夕阳西落会团圆。"浦薛凤的二诗写得极其哀伤，虽有"欢拜双亲"之喜，"骨肉平安"之庆，但毕竟只有五天的团聚，而且爱人和孩子留在老家，他只身反蜀，怎能不悲喜交集呢？

浦薛凤回到重庆后，把两首诗钞寄给在成都休假的好友朱自清。朱自清得诗后，深受感动。1941年4月28日，朱自清收到浦薛凤来信，并寄来诗稿。这封书信再次引发朱自清的感怀，思绪万千，成长诗一首，回忆了和浦薛凤、王化成二人在清华时的友谊，仅从标题上就可知诗的大概：《逊生来书，眷怀清华园旧迹，有"五年前事浑一梦"语，因成长句，寄逊生、化成》。此诗虽由浦薛凤引起，由于诗中有回忆在清华和王化成相聚时的欢娱场景，便将此诗也抄一份寄给王化成。"满纸琐屑俨晤对，五年前事增眼明"。浦薛凤的诗，让朱自清感觉朋友就在面前，五年前的往事也历历在目。诗中回忆了和浦薛凤打桥牌、跳舞等经历，赞扬浦薛凤牌技高超，舞技也"周旋进止随鼓鸣"；回忆了王化成拍曲时的"登场粉墨歌喉清"的英姿，夸他家除夕之夜的汤团好吃，"流匙滑口甘如饧"，饭后更是"平话唠叨供解醒"，体会"新岁旧岁相送迎"的除夕美景。只可惜，"五年忧患压破梦，故都梦影森纵横"。回忆是美好的，同时也让诗人更加忧时伤怀。在这天的日记中，朱自清说，"写一长诗给化成与逯生"。对于出现的身体不适，又说："出现复视，怕是老年的信号，但此症状可治。曾在油灯下工作几夜，光线摇曳不定，复视可能由此引起。"依旧例，朱自清把这首长诗，也复抄一份，寄给萧公权看。还在诗前附一小诗，戏称是"随嫁"，并问萧公权"有兴肯吹毛"否？意欲让他和诗。萧公权读了朱自清的诗后，也作诗一首——《佩弦投长篇欲和未能寄此解嘲》。到了1942年6月间，朱自清到重庆出席国语推行会常务委员会会议，还和王化成、浦薛凤聚会了几次。

《犹贤博弈斋诗钞》里很值得一说的，还有他在1941年8月间写给好朋友俞平伯《寄怀平伯北平》三首诗。写这组诗的起因是，周作人此时担任了伪职，朱自清知道俞平伯跟周作人的关系，怕俞平伯也跟着下水，念念之中，写诗并寄赠俞平伯，是带有打预防针并劝阻的意思。第一首"明圣湖边两少年"是回溯少年时的意气风发，情景交融，十分动情。这种特殊时候的回忆，表达的并非文人雅士平素酬唱的一般情感，而是暗示一种心存光明、理想，不被恶环境影响而屈服的一种意念。第三首更为直白了："忽看烽燧漫天开，如鲫群贤南渡来。亲老一身娱定省，庭空三径掩莓苔。经年兀兀仍孤诣，举世茫茫有百哀。引领朔风知劲草，何当执手话沉灰！"这一首诗，更是写出了朱自清能够深切地体会俞平伯苦居北京的现状：虽举世茫茫，仍能"兀兀孤诣"，如劲草般"引领朔风"。俞平伯能在日伪统治下坚持洁身自爱，和这三首诗也有一定关系。

朱自清一生所作旧诗，大都经他亲自挑选，分别编进了《犹贤博弈斋诗钞》和《敝帚集》中。从两本诗集中所收的旧诗看，朱自清的旧诗创作，大概集中于两个时期。一是他到清华的早期，因教学需要，开始了大量的拟古诗的创作，一直到1930年左右才略有减少。第二个时期，就是在成都休假的一年多时间，和友人间唱和了许多旧诗。

在朱自清生前，《犹贤博弈斋诗钞》没有出版。此次收入"朱自清自编文集"，是根据常丽洁校注的，人民出版社2014年6月出版的《朱自清旧体诗词校注》本中的《犹贤博弈斋诗钞》为底本，参照《朱自清文集》编校而成的。

2018年4月23日于燕郊

编　外

朱自清和鲁迅

朱自清在北京大学读书，听过鲁迅的同辈人周作人、胡适、沈尹默、沈兼士、章士钊、马叙伦等人的课，也听过鲁迅的好友钱玄同的课。据现有材料看，朱自清没有听过鲁迅的课，在朱自清读大学期间，鲁迅还在抄古碑，没有兼课。但他们有多次交集、见面，也有文字上的相互连线，甚至同桌吃过饭。从辈分上讲，说鲁迅是朱自清的老师也不为过，但他们之间的关系却一直没怎么亲近。

朱自清真正和鲁迅接触，是在1932年的11月，这个月的9日，鲁迅来北京探母病。鲁迅在北京逗留的十几天中，北京的文化界、学术界闻风而动，不少大学和机构都希望能请到鲁迅去做演讲。鲁迅也确实在北京大学、辅仁大学、女子文理学院、北京师范大学、中国大学等做了一系列的演讲，引起较大的反响。清华大学当然不能错过这次机会了。11月24日，朱自清日记云："访鲁迅，请讲演，未允。"吴组缃在《敬悼佩弦先生》一文中，对这次不成功的邀请有比较详细的记述："朱先生满头汗，不住用手帕抹着，说：'他不肯来，大约他对清华印象不好，也许是抽不出时间。他在城里有好几处讲演，北大和师大。'停停又说：'只好这样罢，你们进城去听他讲罢。反正一样的。'"从吴组缃这段文字里，我们大致能读出这样的信息：一是，这次演讲很可能是同学们要求朱自清去请鲁迅，希望一睹鲁迅的风采，因为朱自清当时不仅是著名作家，还是清华中文系代理主任，由他出面，很合适，也较有把握；二是，鲁迅对朱自清邀请的回话也是含糊其辞的，拒绝也没明说什么原因，而在朱自清听来，可能是鲁迅"对清华印象不好"，也或许是"抽不出时间"；三是朱自清没请来鲁迅，觉得对不起学生，满头汗大约是走得急，也可能是心里急造成的，因为时节毕竟是11月底了，北京已经很冷了。所以朱自清最后提醒学生也可以进城去听鲁迅的演讲。但朱自清到底还是不甘心，过了几天，即27日下午，又去请了鲁迅，日记所记，也只比24日多了个"下午"二字，即

"下午访鲁迅，请讲演，未允"。可见心情不爽。坏心情是有延续的，或者干脆就和没请到鲁迅有关——第二天，即28日，日记云："心境殊劣，以无工作也。"

查鲁迅日记和相关书信、文章，也确实理不清他为什么没有答应朱自清代表清华的这次邀请。依我们对鲁迅通常的理解，如果这次邀请他演讲的，不是清华教授朱自清，而是清华大学中国文学社的代表，或许可能"请得动"鲁迅。

其实，朱自清和鲁迅之间的联系，应该早在1922年就有了。这年的1月，年仅25岁的朱自清，和鲁迅、周作人、沈雁冰、叶圣陶、许地山、王统照、冰心、庐隐等十七人一起，被著名的《小说月报》聘为"本刊特约文稿担任者"。我们都知道《小说月报》当年在文学界的地位，能够和鲁迅、周作人等同时列名，虽然是郑振铎的关系，但也说明朱自清当时在文学界不仅是初露头角，而是已经得到相当一部分白话文作家的肯定了。两年多以后，鲁迅还为朱自清说话，起因是，在1925年12月8日，一位叫周灵均的作者，在北京星星文学社出版的《文学周刊》第十七号上发表文章，题目叫《删诗》，很粗暴地对胡适的《尝试集》、郭沫若的《女神》、朱自清等人的《雪朝》以及许多新诗集给予了全盘否定，用词也非常极端，如"不佳""不是诗""未成熟的作品"等，鲁迅读到这篇文章后，专门写了一篇名为《"说不出"》的文章，相当尖锐地批评了周灵均这种武断的作风，认为他是"提起一支屠城的笔，扫荡了文坛上一切野草"，还举了例子，说："看客在戏台下喝倒采，食客在膳堂里发飙，伶人厨子，无嘴可开，只能怪自己没本领。但若看客开口一唱戏，食客动手一做菜，可就难说了。"批判了这种恶劣的批评倾向。更重要的是，在鲁迅为朱自清等人说话的一年之后的这次同桌聚饮，即1926年暑假期间，朱自清回浙江上虞白马湖家中度夏，经常到上海会见老朋友，如6月29日，朱自清还没到家，就在上海接受了老朋友叶圣陶、王伯祥、胡愈之、郑振铎、周予同等人的邀宴，餐后还去冷饮店吃冷饮。7月1日，在临时居住的二洋桥平安旅社接待了来访的叶圣陶、王伯祥、刘大白、任中敏等人，谈话后，又去南京路王宝和喝酒。7月3日下午，陪叶圣陶、王伯祥到上海大戏院看电影《美健真诠》。7月4日和叶圣陶、王伯祥、胡愈之、郑振铎、孙伏园和四妹玉华等人去游览了公园。在上海勾留了六七天才回到白马湖的家中。暑假结束，在返京时，又于8月29日来到上海，当天就访问了叶圣陶。正是在和叶圣陶的这次会见中，朱自清得以有机会在第二天参加了一场重要的宴会，就是消闲别墅那次公宴——几乎和朱自清同时到上海的鲁迅，因赴厦门大学任文科教授途经上海而做短暂停留，在上海的文学研究会同仁得知后，决定设宴招待鲁迅。但据王伯祥日记云："公宴鲁迅于消闲别墅，兼为佩弦饯行。佩弦昨由白马湖来，明后日将北行也。"王伯祥日记说明这次公宴含有为鲁迅接风和为朱自清饯行的两层意思。出席这次公宴的还有郑振铎、刘大白、夏丏尊、陈望道、沈雁冰、胡愈之、叶圣陶、王伯祥、周同予、章锡琛、刘熏宇、刘叔琴、周建人等，能凑齐这个阵容，恐怕也只有鲁迅有这个号召力吧。《鲁迅日记》1926 年 8 月 30 日日记曰："下午得郑振铎柬招饮，与三弟至中洋茶楼饮茗，晚至消闲别墅夜饭……"此时的鲁迅心情较为复杂，"三一八"惨案后，鲁迅发表了《淡淡的血痕中》《一觉》等一系列文章，抗议了北洋政府的暴行，并称三月十八日那天为"民国以来最黑暗的一天"，因此遭到当局的通缉，他避难于山本医院、德国医院、法国医院等，五月才能回家，七月间，每天去中央公园和齐宗颐一起翻译《小约翰》，算是做了点工作，但显然，北京不易再待下去了。他在《朝花夕拾》的前言里说到那段生活时，用了"流离"一词，写作也是在"医院和木匠房"里。能和这么多朋友聚餐于上海，也是一种宽慰了。朱自清能在这样一个特殊的时候，和鲁迅邂逅于宴席中，双方印象应该都很深。这里略作补充一点，朱自清在上海，和叶圣陶等文人相聚甚欢，在北京，同样也能和京派文人打成一片，比如多次赴周作人、吴宓、顾颉刚、钱玄同、刘半农等人的聚餐、游览等活动。这里有几个例子可举——就在朱自清邀请鲁迅演讲被拒的前后，如：1929 年 1 月 12 日，朱自清应周作人邀请，到八道湾周宅赴宴，欢迎罗家伦就任清华大学校长，同席的除朱、周、罗外，还有俞平伯、钱玄同、冯友兰、杨振声、徐祖正、张凤举、刘廷芳等人；1929 年 5 月 18 日晚，赴周作人在周宅的邀宴，在座的有傅斯年、钱玄同、刘半农、俞平伯、马裕藻、马衡等人；1929 年 1 月间，加入了以吴宓、赵万里等人为主的《大公报》撰稿者之列；也在这一年的 5 月间，和白涤洲、顾颉刚、魏建功等人到妙峰山调查民俗，等等。就在鲁迅到北京的前一个月（1932 年 10 月 8 日），朱自清还亲自设宴于东兴楼，请周作人、黄节、杨振声、徐霞村等人吃饭，朱自清当日的日记云："饮酒兴致颇佳。"鲁迅生性多疑，而且记仇，就说和顾颉刚的关系吧，鲁迅从北京取道上海到达厦门大学的时候，顾颉刚也在厦大任教授，顾氏因说鲁迅的《中国小说史略》是抄袭的，引起鲁迅的愤怒。顾氏又把他的发现告诉了陈源。陈源写文章公开了此事。鲁迅和陈源开始了一场笔战。直到《且介亭杂文二集》出版的时候，鲁迅还在后记里提及此事。不过，鲁迅在《不是信》一文中，对这段公案有所说明："盐谷氏的书，的确是我的参考书之一，我的《小说史略》二十八篇的第二篇，是根据它的，还有论《红楼梦》的几点和一张'贾氏系图'，也是根据它的，但不过是大意，次序和意见就很不同。"这事一直让鲁迅耿耿于怀，一生都没有放过陈源和顾颉刚，在不少文章里对他俩大加讥讽。而朱自清又和鲁迅的反感的人或反感的人的学生来往密切，这是否也是鲁迅拒绝朱自清邀请演讲的一个理由呢？因没有文字记载，一切只是推测了。

值得一说的还有一事，1932 年 8 月，朱自清结束为期一年的欧洲之游，回到上海，和陈竹隐女士结婚，并在上海杏花楼订桌请客，在邀请嘉宾的名单里，没有鲁迅。朱自清在 8 月 4 日的日记云："晤天縻、延陵诸老友。大醉不省人事。"王伯祥日记记载那天的婚礼，到场的嘉宾有"互生、惠群、克标、载良、承法、熏宇、熙先等"。陈竹隐在《追忆朱自清》里也说到那天的婚宴，邀请的嘉宾"有茅盾、叶圣陶、丰子恺等人"。朱自清度蜜月在上海，没有去拜访鲁迅，说明朱自清不在鲁迅的朋友圈内。从这些文字所透露的信息看，鲁迅不愿意接受朱自清邀请，似乎有了点眉目。

但此种说法似乎并不成立，未免小看鲁迅了。因为鲁迅的好朋友郑振铎更是和上海、北京多方面的文化人都有往来，而鲁迅和郑的关系一直保持很好，比如1933年4月22日，郑振铎在北京为扩大左联刊物《文学杂志》的影响，特意在东兴楼设宴组稿，朱自清就在受邀之列。同时接受邀请的，还有顾颉刚、陈受颐、许地山、魏建功、严既澄、郭绍虞、俞平伯、扬振文、赵万里等人，朱自清在当天日记有"余允作一文"的话。第二天，朱自清又赴北海五龙亭，出席《文学杂志》社茶话会。这是左联北京支部为团结北京文艺界、扩大杂志影响而举行的文艺茶话会。在会上，朱自清对文艺工作如何开展，谈了自己的看法，表示愿意同杂志社合作。参加这次茶话会的，还有郑振铎、范文澜等文艺界人士。会后，北京左联负责人之一的王志之给鲁迅写了一封信，汇报了此次茶话会的成果，鲁迅看信后很满意，并高兴地说："郑朱皆合作，甚好。"（1933年5月10日《致王志之》，《鲁迅全集》第十二卷，人民文学出版社1981年版）此事离朱自清邀请鲁迅演讲被拒不过五个月时间，因此，说鲁迅对朱自清个人有什么成见并没有令人信服的依据。

1935 年 1 月 5 日，在北京和天津同时产生很大影响的"全国木刻联合展览会"在北京太庙举行。朱自清在当天的日记中，对木刻展谈了自己的心得："青年艺术家们对工农业颇有好感。我对此种艺术并不熟悉，故不太会欣赏。不过在展览会上有机会读到比利时人梅塞里尔（Maserreel）1889（？）——的四部著作，每部作品前都有序，我读了这四篇序言后，对木刻总算有了些印象。序言中说以白线条代替黑线条，这种艺术效果和手法是英国人倍威克（Bewick）（1753—1828）的创造，而梅塞里尔的作品中受此影响是明显的。"需要说明的是，这次木刻展览，和鲁迅有很大关系。鲁迅在晚年，用力推广木刻版画，尤其对青年版画家，更是倾力提携，还经常和青年木刻家座谈、交流，他本人也收藏了不少木刻作品。这次木刻展，虽由平津木刻研究会金肇野、唐诃、许仑英等发起主办，却得到了鲁迅和郑振铎的大力支持，更为重要的是，第三展室西洋现代版画由鲁迅所选（第二展室中国古代木刻及图书由郑振铎所选）。在当时，鲁迅和郑振铎可以说是这方面的专家，在木刻收藏和推广方面起着导师的作用。这次大规模的展览，报纸上肯定发布了消息，朋友间大约也有议论。朱自清原本就兴趣较广，经常参加各类艺术活动，仅在这次"全国木刻联合展览会"前后，就有数次，如在 1934 年 9 月 9 日，就进城观看了苏州社画展，在当天的日记中，表示了对张大千兄弟的作品的喜欢，特别是对张大千的画，还发表了感想，认为"画面并不均匀和充实，留下很多让观众自己去想像的余地。色彩富有装饰性。看来艺术家喜欢浅蓝和红色。此两色淡雅肃穆，颇为突出。特别是后者，更为画家所好。唯一不足之处，是画中人物的单调，好像只有绅士和淑女似的，且女性形象健壮而不纤雅"。1934 年 10 月 29 日，参加了哈丽特·蒙罗小姐的诗朗诵会，在当天的日记里特别记了一句"她已七十二岁了"。1934 年 11 月 4 日，进城会晤了胡适后，又参观了 N.P.L 书画展览，此展览大部分是照片，并对感兴趣的作品开列了三幅，有"中世纪手稿的复制品""维也纳国家图书馆的壁画复制品""具有现代派建筑风格的瑞士国家图书馆照片"。这个月的 18 日，参观了中国戏剧展，对新增的一些乐器和剧本感兴趣。还在 1934 年的 12 月 7 日观看华光女校在北京饭店的歌舞演出，8 日观看易卜生话剧《娜拉》。在 1935 年 1 月 13 日，即和这次木刻展只相隔一个多星期，他又观看了朋友的油画，在当天的日记中评论说："秦请我看他的油画，并告以如何欣赏色彩，甚难捉摸。唯一使人一目了然的画，是一张美女像，用的是传统画法。他还给我看了他的钢笔画，无非是黑白对比的效果纪录而已。"这个月的 17 日，在家听唱片《太平乐急》和《纳曾利》。当天的日记中说："据说前者是唐代音乐，后者为朝鲜音乐。"20 日下午赴朱光潜家，参加读书与文学讨论会，对李健吾扮演的一个迂腐气十足的旧官史，感到矛盾得可笑。对马小姐扮演表演摩登女郎，评价是"驾轻就熟，因为本人就是个摩登女郎"。28 日日记云："在国际艺术协会展览馆看到了溥心畬的画。他画的技巧可能不错，但内容似很空洞。"值得一提的还有在 1935 年 4 月 5 日，他在观看艺术学院展览时，在日记中所作的评论："王雪涛的虫、草小画颇生动。齐白石的六幅画相当具有创造性，所画'柳枝莲荷'与'香蕉树'，笔法雄浑有力，蜻蜓画得很细腻，我尚未见过像他这样处理的。画中之水使我印象尤深，波纹很凝重。'风景'是长条幅，在其下部画了一间茅舍，舍前有水塘，许多鸭子在其中游着，姿态各异，均系一笔画成。此外，在画的右角，他又画了两间屋子。这完全跳出传统手法，对此我将保留我的意见。"所以说，朱自清一直就是一个艺术欣赏者，他能专门进城去参观这次木刻展，更多的是因为他对艺术的喜爱，当然，也不排除是对鲁迅、郑振铎等人能够参与这样的活动的欣赏。

1936年9月26日，朱自清日记云："访鲁迅太太，借二十元，为吉人婚事也。"不论什么时候，能开口借钱的，关系都应该不一般。据朱自清弟弟朱国华在相关文章中披露："我家原是绍兴人氏，母亲周姓，与鲁迅同族。外祖父周明甫是有名的刑名师爷，曾在清朝以功授勋。周朱两姓门户相当，常有联姻，均为当地大族，鲁迅的原配夫人朱安，也是我家的远亲。"（《难以忘怀的往事》，江苏文史资料编辑部1992年10月版）

1936年10月19日，鲁迅逝世。当天，朱自清没有得到鲁迅逝世的消息，晚上在中国文学会开会，并写毕"伦敦杂记"之七的《博物院》，这篇文章费时半月之久。第二天，朱自清日记有"昨日鲁迅先生逝世"的记录，并说"吊慰鲁迅太太"，说明朱自清进城到阜成门的鲁迅家，参加了吊慰活动。24日，清华大学在同方部举行鲁迅追悼会，朱自清参加并做了演讲，据赵俪生在《鲁迅追悼会记》一文说："朱先生说鲁迅先生近几年的著作看的不多，不便发什么议论，于是就只说了几点印象。最后朱先生提到一点，那就是《狂人日记》中提到的一句话'救救孩子'，这句话在鲁迅不是一句空话，而是终生实行着的一句实话。在他的一生中，他始终帮忙青年人，所以在死后青年人也哀悼他。"这天的日记，朱自清还写道："闻一多以鲁迅比韩愈。韩氏当时经解被歪曲，故文体改革实属必要。"到了11月16日，朱自清再度进城，到鲁迅家访朱安。这一次来鲁迅家，朱自清的身份略微有点变化，应该是以亲戚身份去的，带有慰问的成分，听朱安说了不少话。在这天的日记中，朱自清说，"告以鲁迅一生所经之困难生活情形"。

从1940年暑假开始，朱自清休假一年。在成都度假期间，叶圣陶请他参与编辑《略读指导举隅》和《精读指导举隅》。1940年10月下旬，朱自清把鲁迅的小说《药》，写了指导大概，编入了《精读指导举隅》里。

时间一晃到了1946年11月，朱自清亦经历了西南联大九年的奔波回到北京，此时他已经是北京《新生报》副刊《语言与文学》的主编，由余冠英具体负责编辑，朱自清在《语言与文学》上开有一专栏曰《周话》，不定期地发表文章，署名自清。11月8日这天，朱自清写了一篇文章，发表在11日出版的《语言与文学》第四期上。这篇文章主要是谈鲁迅的"中国语文观"的，不久后，在收入《标准与尺度》一书时，改标题为《鲁迅先生的中国语文观》。在鲁迅刚逝世的时候，有太多人写了悼念鲁迅的文章，包括朱自清的许多好友，如叶圣陶，从鲁迅逝世到12月1日，在极短的时间内，就写作并发表了《鲁迅先生的精神》《挽鲁迅先生》《学习鲁迅先生的真诚态度》等，这在当时是应该也是有必要的。而朱自清直到十年以后，才有一篇短文问世，而且谈的是鲁迅的中国语文观。在这篇文章的开头，朱自清说："这里就鲁迅先生的文章中论到的中国语言文字的话，综合的加以说明，不参加自己意见。有些就钞他的原文，但是恕不一一加引号，也不注明出处。"这段"说明"看似略有霸气，实际上是对鲁迅先生的尊重，表明他是赞赏鲁迅先生的"语文观"的。大约一年后，即1947年10月15日，朱自清又写了一篇关于鲁迅的文章——杂论《鲁迅先生的杂感》，这篇杂感是因朱自清讨论"百读不厌"而引发的，朱自清认为，"所谓'百读不厌'，注重趣味与快感，不适用于我们的现代文学，可是现代作品里也有引人'百读不厌'的"，那就是鲁迅先生的《阿Q正传》。之所以《阿Q正传》"百读不厌"，是因为引入了幽默，"这幽默是严肃的，不是油腔滑调的，更不只是为幽默而幽默"。在表明了这个意思后，才对鲁迅的杂志做出议论，认为鲁迅先生的贡献，是他的杂感也是诗，"这种诗的结晶在《野草》里'达到了那高峰'"。几天后的10月19日，朱自清参加在清华大学大礼堂举行的鲁迅逝世11周年纪念会，并做演讲，高度评价了鲁迅对中国文学的贡献。

2018 年 4 月 14 日上午，初稿完成于燕郊

《中国歌谣》

1928 年暑假期间，朱自清编就了散文集《背影》，并于 7 月 31 日写作了《〈背影〉序》后，正式开始考虑如何编写下学期开设的"歌谣"课的讲义工作。

据浦江清在《清华园日记 西行日记》（增补本）里记载：1928 年 9 月 1 日，浦江清"至佩弦处闲谈。佩弦方治歌谣学，向周作人处借得书数种在研读"。

周作人是朱自清的老师。早在朱自清就读于北大时，就听闻了北大师生大量搜求歌谣的运动。还于 1917 年专门成立了歌谣研究会，创立了《歌谣》周刊。一时间，北大校园几乎无处不谈歌谣。他们搜集歌谣，并不是要去研究音乐，研究歌谣的历史和沿革，也不怀有其他目的，只是单纯地抢救遗产，单纯地为了文艺和学术。

因为"你也不记载我也不记载，只让它在口头飘浮着，不久语音渐变便无从再去稽查"（周作人《〈绍兴儿歌述略〉序》）了。这次歌谣搜集获得了不俗的成果，连带着也引起了顾颉刚、钟敬文、冯式权、郑振铎、俞平伯等人的研究。比如俞平伯，1921 年 11 月 9 日，他到常熟去游览，虞山下，尚湖边，一游就是三天。俞平伯在常熟旅馆中，忽然想起在杭州看到有人用粉笔抄写在墙上的一首歌谣，觉得很有趣，歌谣只有四句："高山有好水，平地有好花，家家有好女，无钱没想她。"平白而通俗的词句给了俞平伯某种启发和暗示，经反复咀嚼，他把这首歌谣演化成了一首新诗，还写了小序对歌谣做了解读。序中自谦地说，新演化的"词句虽多至数倍，而温厚蕴藉之处恐不及原作十分之一"，可见歌谣的力量之大了。周作人更是北大歌谣运动的热心参与者和积极倡导者，早在 1911 年的时候，他从东京回到绍兴，就开始"搜集本地的儿歌童话，民国二年（1913）任县教育会长，利用会报作文鼓吹，可是没有效果，只有一个人寄过一首歌来，我自己陆续记了有二百则，还都是草稿，没有誊清过"（《〈绍兴儿歌述略〉序》）。周作人是怎么"鼓吹"的呢？"作人今欲采集儿歌童话，录为一编，以存越国土风之特色，为民俗研究儿童之资料。即大人读之，如闻天籁，起怀旧之思，儿时钓游故地，风雨异时，朋侪之嬉戏，母姊之话言，犹景象宛在，颜色可亲，亦一乐也。第兹事体繁重，非一人才力所能及，尚希当世方闻之士，举其所知，曲赐教益，得以有存，实为大幸。"应该说，这篇发表在当年《绍兴县教育会月刊》上的启事，既说明了事体，也文采足够飞扬。未曾想只收区区一篇歌谣来。虽然成就不大，但周作人并未泄气，除自己搜集二百多篇外，还有研究，在《〈儿童文学小文论〉序》里，他说，民国二三年的时候，又写出了《童话略论》，后来又写了"两篇讲童话儿歌的论文"。周作人是1917年4月来到北京大学的，他刚到不久，北大歌谣研究会就成立了，他搜集的这册歌谣汇编就派上了用场，成为他的成果之一。1919年8月，刘半农从江阴到北京时，从船夫口中采集了一集《江阴船歌》，共有二十多首，兴致很高地送给周作人看，还请周作人为此作序。周作人在序文中，肯定了《江阴船歌》"是中国民歌学术的采集上第一次的成集"，这篇《〈江阴船歌〉序》就发表在1923年1月出版的《歌谣》周刊第六期上。1925年10月5日，周作人为刘经庵的《歌谣与妇女》作序。在序文中，周作人介绍说："我知道刘君最初是在北京大学歌谣研究会。那时他在卫辉，寄来几百首的河北歌谣，都是他自己采集的，后来在燕京大学才和他会见。刘君努力于歌谣采集事业，也并热心于研究，《歌谣与妇女》即是成绩之一。"周作人还积极地评论说："这是一部歌谣选集，但也是一部妇女生活诗史，可以知道过去和现在的情形——与将来的妇女运动的方向。中国妇女向来不但没有经济政治上的权利，便是个人种种的自由也没有，不能得到男子所有的几分，而男子自己实在也还过着奴隶的生活，至于所谓爱的权利在女子自然更不必说了。但是这种不平不满，事实上虽然还少有人出来抗争，在抒情的歌谣上却是处处无心的流露，翻开书来即可明了地看出，就是末后的一种要求我觉得在歌谣唱本里也可直率地表示着；这是很可注意的事，倘若有人专来研究这一项，我相信也可成就一本很有趣味更是很有意思的著作。"所幸周作人的愿望没有落空，确实有不少人在认真做这项工作了，除上述提到的成果外，顾颉刚有《吴歌甲集》行世，黄绍年有《孩子们的歌声》出版，刘半农热心搜集歌谣之余，还用民歌体写了不少诗，更有兴趣翻译了一部《海外民歌》。林培庐出版了一本《潮州畲歌集》。章依萍出版了一部《霓裳续谱》。江绍原翻译了《英吉利谣俗》，等等，可谓成绩斐然，就更不要说在《歌谣》周刊上发表的大量歌谣和评论文章了。周作人在这次歌谣运动中，无疑起到了中坚作用，除了为专书作序跋文外，还在《歌谣》周刊第三十一期上，发了一篇《歌谣与方言调查》，在说到"中国语体文的缺点"时，他指出"在于语汇之太贫弱，而文法之不密还在其次，这个救济的方法当然有采用古文及外来语这两件事，但采用方言也是同样重要的事情"。在《重刊〈霓裳续谱〉序》中又说："像姑娘们所唱的小曲，而其歌词又似多出文人手笔，其名字虽无可考，很令人想起旗亭画壁时的风俗，假如有人搜集这类材料，考察诗歌与唱优的关系，也是很有价值的工作。"朱自清编歌谣讲稿，找他的老师借资料，再切合不过了。周作人当然也乐见有人做这方面的研究，何况研究者又是他的好学生呢？朱自清也正是在他人分题研究的基础上，进行了综合的研究和系统的整理。

其实，早在编歌谣讲稿之前的 1927 年第一学期，朱自清就对歌谣做了系统的研究了，那时他担任的课程是有一门"古今诗选"，编有讲义《诗名著笺前集》《诗名著笺》和《古今诗选小传》，由清华大学铅印。《诗名著笺前集》实际上有很多内容就是关于古代歌谣的（朱自清逝世以后，《朱自清全集》编辑委员会把《诗名著笺前集》整理更名为《古逸歌谣集说》，并拟收入"全集"，后来"全集"改"文集"，未能收入）。1927年10月11日，朱自清又写了篇《唱新诗等等》，该文分析了新诗与戏曲的关系、新诗与歌谣的关系，提出了从新诗音乐化的角度去拯救新诗。"古今诗选"课的开设和相关学术的研究，给朱自清后来从事歌谣研究和教学打下了基础。

1928年11月22日，周作人到清华大学办事，朱自清和俞平伯一起招待了他们的老师。这时候，朱自清关于歌谣的研究已经有了眉目了，席间应该有所谈及。因为24日俞平伯年谱有"朱自清在燕京大学讲歌谣课"的记载——两天后就要去上课，依朱自清的个性，一定是早就胸有成竹的，如果有零星的问题，临时向老师请教，完全有可能。朱自清去燕京大学讲歌谣，还给我们一个启示，即当年歌谣课的首讲，也许不是先清华，而是燕京，这当然也无关紧要了。朱自清最初的讲稿，大约就是后来《中国歌谣》某章的雏形吧。但朱自清研究歌谣的最早成果，却是发表在1929年4月29日、5月6日《大公报》之《文学副刊》第六十八、六十九期上的《中国近世歌谣叙录》，分两期续完。《大公报》的《文学副刊》创办于1928年1月，每周一出刊，编辑部设在清华大学，吴宓为总撰稿，赵万里、浦江清等人为撰员。1929年1月19日，吴宓、赵万里赴清华图书馆访朱自清，邀请朱自清加入撰稿者之列，两天后，朱自清和浦江清回访吴宓，同意加入。所以，朱自清才陆续有文章发表在《大公报》的《文学副刊》上，而这篇《中国近世歌谣叙录》正巧就赶上了。

1929年9月16日，清华大学本年度第一学期开学，朱自清开设的课程有"古今诗选"和"国文"课等，并正式开设"歌谣"课，该课程为选修课，编有讲义《歌谣发凡》和参考资料《歌谣》。《歌谣发凡》是油印本，共分四章，分别是《歌谣释名》《歌谣的起源与发展》《歌谣的分类》《歌谣的结构》。参考资料《歌谣》内容也相当丰富，收杜文澜《古谣谚·凡例》和郭绍虞的《韵文先发生之痕迹》的要点摘录，还有古今中外作品中，关于谣谚的论述一百四十三条。据姜建、吴为公编著的《朱自清年谱》所记载的课程安排推测，该课程只在每学年第一学期讲授。因为1929年度和1930年度的第一学期都有"歌谣"课，而这两年度的第二学期都没有。1931年度因出国学习考察休假一年（1931年8月—1932年8月），朱自清在这学年都没有上课。那么，朱自清关于歌谣的研究停止了吗？据浦江清在《〈中国歌谣〉跋记》中说，此后又增写了两章，分别是《歌谣的历史》和《歌谣的修辞》。这重要的两章，应该是在1932年下半年写成的。改书名为《中国歌谣》并铅印本，也同样应该是在下半年，朱自清计划写十章，"后面四章，初具纲目，搜罗了材料，没有完成"。关于歌谣课，1932年度第一学期9月18日开学，朱自清开设的课目中，依旧有"歌谣"，据听课的同学笔记记录，四章的内容分别是《歌谣的评价》《歌谣研究的面面》《歌谣的分类》《歌谣搜集的历史》。这一时期，朱自清可能因忙于校务（先后兼中文系代主任、主任），加上回国后写《欧游杂记》的稿子和1933年度又没有开设"歌谣"课，因此没有把已经成形的《中国歌谣》后四章整理成文，是件十分可惜的事。朱自清的日记中，也很少涉及这方面的记录，唯一靠点边的是，1932年10月3日日记中，谈及浦江清的来访，说浦对中国语言文字有很深的研究，"继论诗之发展，谓有三级：首为民歌，继为乐府，终乃为诗"；1933年3月18日，朱自清日记云："下午赴北大讲中国歌谣的问题，未准备妥贴，但资笑乐而已。"

《中国歌谣》由作家出版社1957年正式出版。出版过程较为漫长和曲折。朱自清逝世以后，成立了《朱自清全集》编辑委员会，确定把《中国歌谣》收入全集中去，并由郭良夫比勘油印本和铅印本进行了初步的整理，浦江清和吕叔湘又做了最后的校读。但是，因"全集"

改为了"文集"，此稿便没有收入。后来，作家出版社决定出单行本，请浦江清写了一篇《跋记》，《跋记》完稿于1950年6月，七年后才出版，恐怕不完全是效率问题吧。

我小时候和小伙伴们下湖割草，口中唱："小割草，满湖跑，跑掉蛋，没落找。"晚上在村上藏蒙蒙，要在月亮底下才好玩，便想着《亮月歌》："初二三，亮月簪；十五六，两头溜；十八九，坐守。"不说月亮，而说"亮月"，至今不知何故。月亮底下的游戏又是怎么玩的呢？简单，一人扮作"二左"，几个孩子坐在墙根，二左来了，弓腰柱杖，很老的样子，嘴里说："一腔康，二腔康，多会走到老王庄，不吃老王一碗饭，不喝老王一碗酒，独问老王要只小巴狗。老王？"老王应："哪个？""我，东庄二左。""做么滴？""跟你家要只小巴狗。""小巴狗还没睁眼哦。""好，改天再来。"转身，即改天，二左又来了，还是那样的扮相："一腔康，二腔康，多会走到老王庄，不吃老王一碗饭，不喝老王一碗酒，独问老王要只小巴狗。老王？"老王应："哪个？""我，东庄二左。""做么滴？""跟你家要只小巴狗。""小巴狗还没满月哦。""好，改天再来。"如此演下去，一直到小巴狗躲到烟地里拉屎，二左一直都没要着，结束。这个游戏的中间，能插很多内容，如小巴狗有病啦，小巴狗还不能吃食啦，等等，目的就是不给二左。冬天的晚上，会在牛屋里，一边烤着牛屎火，一边听讲古，也有歌谣可唱："讲古讲古，讲到板浦，板浦冒烟，讲到天边，天边说话，讲到老大，老大跳水，讲到小鬼，小鬼迷墙，讲到大娘，大娘扫地，咕啦放个屁！"板浦是我们当地的一个小镇，为什么要讲到板浦，无考。就这么说着好玩，至于什么意思，管他呢。大人们会说我们这是"踏流言"。殊不知，这种"流言"都是他们传下来的。读朱自清的《中国歌谣》，例文中，有很多类似的"童戏"的纪录，真是亲切得很。我这里补充这点，都是我们小时候唱过玩过的，也算是对当年搜集中国歌谣的些微的贡献吧。

最近几年，许多出版社纷纷出版"民国学术经典"，朱自清的几本学术著作也纷纷以新版的面目问世，其中就有这本《中国歌谣》。

2018 年春于燕郊

关于《背影》写作的前后

　　《背影》是朱自清到清华任教后的第二个月创作而成的，散文发表后，引起极大反响，各种赞美、评析文章不计其数。但许多评价只是从文本出发，对作品的成因和那段时间朱自清思想和情感的变化没有涉及。或者简单说，《背影》的背后故事没有体现出来，这反而有损于读者对这篇文章更深入的了解和理解。

　　那么朱自清这篇文章是怎么写成的呢？又是在什么样的生活背景和文化背景下创作的呢？

　　表面上看，《背影》写作的主要动因是收到父亲从扬州寄来的信。信中说道："我身体平安，唯膀子疼痛厉害，举箸提笔，诸多不便，大约大去之期不远矣。""大去"即死亡的意思。这封信，看起来是一封普通的家书。

其实我们只要注意《背影》最后一节里作者的另一句话，就能体味到这封家书的不同寻常来：最近几年，"家庭琐屑，便往往触他之怒。他待我渐渐不同往日"。说白了，"渐渐不同往日"就是父子之间有了隔阂。正是这层"隔阂"，才触发了朱自清内心的情感，情不自禁地泪如雨下，进而牵连地想起父亲对他的种种好处来，一气呵成写下了这篇经典散文。

梳理朱自清父亲和朱自清之间的"隔阂"（家庭琐屑），还要从数年前说起。

朱自清在考入北大之前，全家过着小康生活，因为1912年祖父被军阀徐宝山敲诈之后，在海州做官多年积攒的钱财很快消耗干净，没有老本可吃的朱家迅速败落，祖父也因此忧郁而终。父亲朱鸿钧一直在外做小官。那时候的许多小官僚，不管有钱没钱，都会有一些根深蒂固的坏习惯，比如吃喝嫖赌、三房四妾什么的。这也可能是那个时代的人的一贯恶习吧。在朱自清祖父朱则余未死之时，朱鸿钧便在宝应娶了一房淮安籍的姨太太，相当于又另安一个小家，称"外室"。朱自清稍大懂事后，对父亲的做法是有怨言的。家道中落后，朱家仅靠朱鸿钧一个人的收入支撑扬州一大家和宝应一小家的开支，自然十分困难，朱自清就在这样的境况中读完了小学和中学，并于1916年秋考上北京大学文预科。同年12月15日，根据父母之命，朱自清和武钟谦完婚。婚后夫妻感情虽然很好，但由于朱自清在北京读书花销不小，经常缺吃少穿，武钟谦便变卖首饰资助朱自清。朱自清为了减轻家累，从预科又改考北大本科，为的是早毕业早工作，挣钱养家。1917年冬，朱鸿钧调到徐州担任榷运局长（民国初期，官方盐业专卖的机构）时，旧习不改，在徐州又纳了几房妾，过起了逍遥自在的生活。世上没有不透风的墙，朱鸿钧纳妾被宝应的那位姨太太知道了。这位姨太太不是个善茬儿，特地赶往徐州，大闹一场。此事惊动上面，即朱鸿钧的最高上级镇守使。徐州的镇守使不是别人，正是海州镇守使白宝山的把兄弟陈调元，是军阀出身，性格果敢，办事武断。很可能就是陈调元撤了朱鸿钧的职。朱鸿钧不敢怠慢，为了打发徐州的几个妾，只好变卖老家的首饰，还东借西挪欠了五百块大洋的债，才算补上了窟窿。朱自清祖母不堪忍受如此变故，焦虑而死。这对朱家来说，真是雪上加霜啊！朱鸿钧就是在这种情形下，给儿子写信的。朱自清收到父亲的信，立即赶到徐州，和父亲会合后准备回扬州奔丧。朱自清到了徐州，知道事情的前因后果后，"看到满院狼藉的东西，又想到祖母，不觉簌簌地流下眼

泪"。(《背影》)

朱自清和祖母很亲，小时候祖母常带他玩，带他上街买吃的，讲海州的故事，讲花园庄的故事，还早早就给他说了一门花园庄的亲事，那女孩更是曾祖母的娘家人，姓乔，朱自清虽然没有见过，因为听家里人常常说起那女孩，"日子久了，不知不觉熟悉起来了，亲昵起来了"(《择偶记》)。虽然后来那女孩早夭了，但朱自清对祖母对他的种种的好，还是时常记在心上的。已经二十岁又是大学生的朱自清，看到父亲进一步败了家，还气死了祖母，联想到自己读书的钱都靠妻子变卖首饰，心里十分难过。朱自清站在院子里默默流泪，不仅是因为祖母死了，还因为感到憋屈，心里生了很大的怨气也是有可能的。而父亲那句"事已至此，不必难过，好在天无绝人之路"也没给朱自清留下好印象。

朱家遭军阀徐宝山的敲诈，祖父被气死，算是不可抗拒的外仇；父亲的败家气死祖母，则把好端端的家进一步带入困境。若说朱自清能很坦荡地原谅父亲，是不现实的。虽然朱自清不能责备父亲，但也不能指望朱自清心里的怨气从此消散。应该从这时候开始，朱自清对父亲有了成见，两个人之间出现隔阂。

另外的隔阂来自家庭琐事。

朱自清夫人武钟谦因娘家就在本城，朱自清又长年不在家，经常回去小住几天。朱家人便给朱自清写信，说武钟谦"待不住"。朱自清也是传统观念很强的人，便动了气，马上写信责备武钟谦，暑假还"带了一肚子主意回去"，大有"问罪"之意。但一见武钟谦"一脸笑，也就拉倒了"。朱自清是拉倒了，父母却悄悄对儿媳妇产生了不满，连带也觉得朱自清是站在媳妇一边的。后来，朱自清大学毕业到杭州浙江一师任教，把挣的钱几乎都寄给家里，身上常常连几毛钱都没有。父亲持家不易，一方面是因为从前的大手大脚，另一方面也是对朱自清期望太高，花起钱来不能节制，钱总是不够花，对朱自清交给家里的钱不能满意，跟朱自清发牢骚，或变相责备朱自清，说些钱不够花、"养儿防老"一类的话。特别是朱自清暑假回家，父亲就疏通关系，让他进扬州江苏第八中学任教，还跟校长提出一个苛刻、离奇的要求，朱自清的薪水不能由朱自清领，要由学校送到家里交给他。朱自清没有继续在八中教书，主要是因为和校方产生矛盾，但与父亲的所作所为也有关系。对朱自清来说，这是父亲对自己极大的不尊重，甚至是对他人格尊严的侮辱。

朱自清在愤气离开八中后，家里人自然不满意，尤其是朱鸿钧，还以为儿子是怕交钱给家里而故意离开的，便常常讥讽武钟谦，说"你也走"啊。武钟谦听了不好受，只好负气带着孩子回到娘家。娘家是继母，回去后，娘家人又责备武钟谦在婆家太软弱，也受气。朱自清在《给亡妇》里说："那时你家像个冰窖子，你们在窖子里足足住了三个月。"三个月后，朱自清万般无奈，只好将妻子儿女接出来，他们跟随朱自清在江南经历了五年的动荡生活。

就这样，朱自清和父亲之间的关系便一直若即若离，父亲一面嫌儿子给家里的钱太少，一面又指望朱自清的钱养老，还要指望儿子的钱供弟妹们上学。而朱自清心里同样委屈，委屈的根源当然是父亲败家的事了，至少要从那时算起，加上妻子在老家过得不如意，甚至受气，心情也一直郁闷。但作为儿子，他又不便说，一直憋在肚子里。在江南各个中学的教书生活，朱自清可谓颠沛流离、忍辱负重，日子一直紧巴，老家也回得少了。不回当然还是因为父亲。1922年，朱自清带着妻儿回家度暑假，受到父亲的冷落，第一次不准进家门，朱自清只好怅然而归，第二次倒是准进家门了，父亲却不搭理他，过了几天没趣的日子悻悻而去。这次经历给朱自清的影响也是很大。朱自清在《毁灭》里有诗句云

"败家的凶残""骨肉间的仇恨"，说的就是自己亲身的境遇。到了后两年，朱自清干脆连老家也不回了。

而朱自清又是有抱负的青年人，有自己的文学理想，有自己的学术追求，他拼命写作，参加各种文学聚会和文学社团，一有机会就出书，还和朋友办文艺丛刊，文学创作、文艺理论研究并举，两年多没有回家，也便没有更多的时间亲近家人。这也使朱鸿钧误解了，他不在自己的身上找问题，总觉得朱自清只顾自己而不顾家里，因此，和儿子的关系便如《背影》里所说，"家庭琐屑，便往往触他之怒。他待我渐渐不同往日"。父亲对儿子便也有了更多的抱怨。

朱自清就是在这样历经曲折中，还算顺利地进入了清华，成为这所著名大学的教授。朱自清进入清华后，给家里报了信，便开始准备讲课的材料。9月9日正式给学生上课，给旧学部学生讲李杜诗，给大学普通部学生讲国文。由此，朱自清的职业也渐由从事中等教育与诗歌、散文的创作，转到大学教育和中国古典文学研究的路子上来了。

那么初到清华的境遇和心情如何呢？

朱自清在《初到清华记》一文里写了在北大读书时对清华的印象："从前在北平读书的时候，老在城圈儿里呆着。四年中虽也游过三五回西山，却从没来过清华；说起清华，只觉得很远很远而已。那时也不认识清华人，有一回北大和清华学生在青年会举行英语辩论，我也去听。清华的英语确是流利得多，他们胜了。那回的题目和内容，已忘记干净；只记得复辩时，清华那位领袖很神气，引着孔子的什么话。北大答辩时，开头就用了furiously 一个字叙述这位领袖的态度。这个字也许太过，但也道着一点儿。那天清华学生是坐大汽车进城的，车便停在青年会前头；那时大汽车还很少。那是冬末春初，天很冷。一位清华学生在屋里只穿单大褂，将出门却套上厚厚的皮大氅。这种'行'和'衣'的路数，在当时却透着一股标劲儿。"

那时候朱自清无论如何也没有想到，自己后半生都和这所学校关联到一起了，甚至可以说是生死与共了。初到清华的那段时间，朱自清还是挺快乐的，十多年后还有如此清晰的记忆：

初来清华，在十四年夏天。刚从南方来北平，住在朝阳门边一个朋友家。那时教务长是张仲述先生，我们没见面。我写信给他，约定第三天上午去看他。写信时也和那位朋友商量过，十点赶得到清华么，从朝阳门哪儿？他那时已经来过一次，但似乎只记得"长林碧草"，——他写到南方给我的信这么说——说不出路上究竟要多少时候。他劝我八点动身，雇洋车直到西直门换车，免得老等电车，又换来换去的，耽误事。那时西直门到清华只有洋车直达；后来知道也可以搭香山汽车到海甸再乘洋车，但那是后来的事了。

第三天到了，不知是起得晚了些还是别的，跨出朋友家，已经九点挂零。心里不免有点儿急，车夫走的也特别慢似的。到西直门换了车。据车夫说本有条小路，雨后积水，不通了；那只得由正道了。刚出城一段儿还认识，因为也是去万生园的路；以后就茫然。到黄庄的时候，瞧着些屋子，以为一定是海甸了；心里想清华也就快到了吧，自己安慰着。快到真的海甸时，问车夫："到了吧？""没哪。这是海——甸。"这一下更茫然了。海甸这么难到，清华要何年何月呢？而车夫说饿了，非得买点儿吃的。吃吧，反正豁出去了。这一吃又是十来分钟。说还有三里多路呢。那时没有燕京大学，路上没什么看的，只有远处淡淡的西山——那天没有太阳——略略可解闷儿。好容易过了红桥，喇嘛庙，渐渐看见两行高柳，像穹门一般。什刹海的垂杨虽好，但没有这么多这么深，那时路上只有我一辆车，大有长驱直入的神气。柳树前一面牌子，写着"入校车马缓行"；这才真到了，心里想，可是大门还够远的，不用说西院门又骗了我一次，又是六七分钟，才真真到了。坐在张先生客厅里一看钟，十二点还欠十五分。

张先生住在乙所，得走过那"长林碧草"，那浓绿可真醉人。张先生客厅里挂着一副有正书局印的邓完白隶书长联。我有一个会写字的同学，他喜欢邓完白，他也有这一副对联；所以我这时如见故人一般。张先生出来了。他比我高得多，脸也比我长得多。一眼看出是个顶能干的人。我向他道歉来得太晚，他也向我道歉，说刚好有个约会，不能留我吃饭。谈了不大工夫，十二点过了，我告辞。到门口，原车还在，坐着回北平吃饭去。过了一两天，我就搬行李来了。这回却坐了火车，是从环城铁路朝阳门站上车的。

以后城内城外来往的多了，得着一个诀窍：就是在西直门一上洋车，且别想"到"清华，不想着不想着也就到了。——香山汽车也搭过一两次，可真够瞧的。两条腿有时候简直无放处，恨不得不是自己的。有一回，在海甸下了汽车，在现在"西园"后面那个小饭馆里，拣了临街一张四方桌，坐在长凳上，要一碟苜蓿肉，两张家常饼，二两白玫瑰，吃着喝着，也怪有意思；而且还在那桌上写了《我的南方》一首歪诗。那时海甸到清华一路常有穷女人或孩子跟着车要钱。他们除"您好"等等常用语句外，有时会说"您将来做校长"，这是别处听不见的。

文中所说的"一个朋友"，就是俞平伯。紧接着俞平伯也到燕京大学任教，二人虽然没成为同事，也是"同城教授"了。这篇文章虽然没有写出初到清华的感动和快乐，但字里行间还是传递着一种愉悦的心情。毕竟，清华和他从事五年的中等教育不可同日而语了。还是在白马湖时，他写过一篇文章——《"海阔天空"与"古今中外"》，对自己从事的工作心怀不满，他说："我现在做着教书匠。我做了五年教书匠了，真个腻得慌，黑板总是那样黑，粉笔总是那样白，我总是那样的我，成天儿浑淘淘的，有时对于自己的活着，也会惊诧。我想我们这条生命原像一湾流水，可以随意变成种种的花样，现在都筑起了堰，截断他的流，使它怎么不变成浑淘淘呢？"到了清华，虽然也是教书，但大学和中学毕竟是两种形态了，在学术和研究上，更便利了。清华的校园环境、清华的图书馆、清华的名教授、清华的学术氛围都给朱自清带来莫大的震撼和感动。在朱自清的生命历程中，进入清华，是一次重大的超越，心境和在江南时也完全不同了。

再说父亲朱鸿钧，在得知朱自清入聘清华后，同样深有感触。他是知道清华根底的，这原是一所中等教育的学校，叫"清华学堂"，是用美国所退还的庚子赔款余额兴办的留美预备学校，隶属于外交部，于1914年4月正式成立。学校经费充裕，经过最初的草创，走上正轨之后，校方不再满足于中等学校的规模和程度，而产生了创办大学的设想。在社会各界的支持、推动下，经过近十年的筹备，于1925年增设大学部和研究院（国学门）。儿子能在有这样背景的大学教书，才算真正有了出息，加上近来身体不好，也联想到自己大半生的所作所为，拖累了家庭，甚至影响了儿子的发展，便给朱自清去了一信。朱自清在接到父亲的信后，看到父亲伤感的文字，感觉父亲"终于忘却我的不好"，反而勾起了朱自清对过去生活点点滴滴的回忆，想起父亲对自己的种种好处来。加上自己也算是熬出了头，可以在清华发挥自己的才干，可以有一个稳定的平台来实现自己的文学理想和艺术追求，同时也不会再为生活奔波了。于是，一篇《背影》便构思而成了。

对于父亲的记忆，朱自清当然有很多，但他没有铺展开来写，而是从家里发生重大变故的事件写起，可能是这件事对朱自清一家的影响太大了吧？其实也是父亲后半生背运的开始。但是即便在这种时候，作为父亲也还是为儿子做了力所能及的事，给朱自清留下了难忘的"背影"。

《朱自清的完美人格》后记

　　黄裳先生在《珠环记幸》一书中，有一篇《朱佩弦》，文章不长，那幅赠送黄裳的小楷书法却让人感怀，录的是旧作《次韵和程千帆君四绝句之一》："层叠年光冉冉波，波中百我看蹉跎。白头犹自忧千岁，奈此狂驰夸父何！"这幅书法小品是朱自清逝世前不久写的，虽录旧作，他的心境却跃然于纸上，这和所处的时代有很大的关系。正因为如此，当他以五十岁盛年逝世后，才在教育界和知识界、文学界产生重大影响。正如黄裳先生所说，朱自清是一位"分量"非常重的教授和作家。

　　书中还收有另一幅朱自清书信墨迹，我每每翻看此篇，品咂朱自清的这幅书法小品和书信墨迹时，依然心绪难平。

一直以来，我很欣赏朱自清在一师执教时的学生曹聚仁先生对他的评介："外面和光同尘，里面是一团火；磨而不磷，涅而不淄，出污泥而不浊。"

　　计划写一本关于朱自清的随笔或传记，几乎是和《俞平伯的诗书人生》一书同时进行的。一来，因为二人是北大前后届的同学，又是终生好友，早先共同经历过许多事，写俞平伯时必提到朱自清，写朱自清也绕不开俞平伯；二来朱自清毕竟是家乡人，早就对他有些粗浅的了解，特别是他祖父辈和他幼年生活过的海州一带的乡风民情更是耳熟能详。另外，连云港也有几所学校的校园文化和朱自清有关，校园里塑有朱自清雕像，还把教学楼命名为"自清楼"、"自华楼"、"秋实楼"等，有的还设立了"朱自清作品陈列室"，我甚至还把多年来陆续购买的几十本朱自清的著作赠送给东海县平明小学的"朱自清作品陈列室"，并请画家朋友王兵先生为"陈列室"画了一幅国画《朱自清读书图》。在一篇短论中，我还对这幅画做了这样的评述：

　　　　在朱自清作品陈列室里，有一张《朱自清读书图》，画面上，青年朱自清面目清瘦地坐在清华园荷塘边的假山旁，手握经卷，显然是读书累了，正在小憩，那闪烁的目光中，透着智慧之光，似在思索，又似在回想——此时正是黄昏将尽、圆月初上时，四周弥漫着迷茫之气，身后的荷塘，近处的荷花，甚至荷叶上的晚露以及荷塘里的清香，仿佛如朱自清在《荷塘月色》里描写的那样，"月光如流水一般，静静地泻在这一片叶子和花上。薄薄的青雾浮起在荷塘里。叶子和花仿佛在牛乳中洗过一样；又像笼着轻纱的梦。虽然是满月，天上却有一层淡淡的云，所以不能朗照；但我以为这恰是到了好处——酣眠固不可少，小睡也别有风味的。月光是隔了树照过来的，高处丛生的灌木，落下参差的斑驳的黑影，峭楞楞如鬼一般；弯弯的杨柳的稀疏的倩影，却又像是画在荷叶上。塘中的月色并不均匀；但光与影有着和谐的旋律，如梵婀玲上奏着的名曲"。我们知道，朱自清的这篇散文写于 1927 年夏天，作者那时在清华大学教书。他描写的荷塘原是一个平凡的处所，经过作者的"渲染""着色"，变得美丽而有味，并且诗意盎然。王兵先生画朱自清，画他在荷塘边的读书赏月，是要费一番思索的，表现出来并非易事，一来，月夜里是很难读书的，二来又要画出荷塘的月景，照一般来说，是不容易表达的，荷塘容易画，月色则较难着墨。众所周知，画家做画，不怕画断山衔月，就怕画月色，因为月景的波光林影时刻在变幻着，很不容易在画面上表现出来。清代的国画理论家汤贻汾曾说："画月下之景，大者亦晦，在晦中而须空明。"的确，要在晦暗中见空明，是很需要独特的表现手法的。曾经有人提出画月亮的方法："月景阴处染黑，阳处留光。"话是说得透彻了，可表现起来，又是何等的困难啊，但是在《朱自清读书图》里，画家为我们既展现了委婉细致的月色之美，又抒写出青年朱自清善于读书思考的学者形象，既殊为不易又体现了"画功"，真是难能可贵啊。

这些年来，对于朱自清作品的阅读和生平的了解，让我有不少次机会在学校里给学生做关于朱自清的专题演讲。学生能不能听懂或听懂多少我不知道，但我是以家乡人的身份来分析、理解朱自清的。一方水土养一方人，这里的"养"，不仅是生活的环境，血液里流动的基因和上辈们的多方面的影响也至关重要。所以，在写作《俞平伯的诗书人生》时，我就开始收集和朱自清相关的资料，还几次去扬州，到朱自清故居去参观，更是常徘徊在他的出生地——海州古城的老街旧巷里，寻访当年的蛛丝马迹。经过一年多的准备，并和相关专家以电邮、电话、微信等方式交流后，于 2014 年秋开始写作，用约六七个月的时间，完成了初稿。

朱自清先生是美誉度和知名度极高的作家、学者、教育工作者。他的文学作品数量虽然不多，却影响了几代中国读者。不夸张地说，只要做过学生，就都读过朱自清的文章，《背影》《匆匆》《荷塘月色》《桨声灯影里的秦淮河》等多篇文章曾入选各种语文课本，还有《经典常谈》《欧游杂记》《英伦杂记》等书籍也影响过许多人。对于本书的写作，我是心怀忐忑的，生怕自己的拙笔没有写出朱先生的风采，也生怕自己的阅历、理解不够而误读了朱自清。好在问心无愧的是，我是用心用力做这件工作的，特别是随着写作的深入，越发地被朱先生的精神、情操所感动，心里有一种别样的使命感。

和写《俞平伯的诗书人生》时一样，我依然采用随笔、漫评的形式，根据自己对朱自清的理解"自说自话"，同时更加偏重于史料的解读（比如书信、日记、访谈）。史料的重要价值，凡是从事人文学术研究的学者大概都不会否认。但在引用史料的同时，我还是在一些章节里情不自禁地插入了自己的观点，抒发自己的一点看法，有的并不新鲜，有的也许有谬误，无论如何都是我的真情流露。希望读是书的朋友多提意见。

2015 年 2 月 23 日初稿完成于新浦河南庄

2016 年 6 月 30 日修改于北京朝阳五里桥

燕郊一周

——《朱自清在西南联大》代后记

1

来燕郊一周了。我在告诉朋友的微信里，说了这样的话：

正式入驻燕郊。想起俞平伯先生的《燕郊集》，这本出版于二十世纪二十年代的散文集，是先生的重要著作，集中的大部分作品写于当时地处京郊的清华大学寓所，故名。不过我的燕郊和彼燕郊并非同一地方。又想起黄裳先生的"来燕榭"，这是先生的书斋名。前人喜欢弄些"斋馆轩堂"的名号来做自己读书问学的场所，我也斗胆学学他们。住在草房时，因小区里有一塘荷花，书斋曾叫"荷边小筑"。现在，我的"燕斋"该叫什么呢？

吴小如的《莎斋笔记》里，有一辑《燕郊谈片》，我知道这里的"燕郊"是指北京西郊，亦即北大、清华一带，他晚年住在这里。书里的这组文章都是些短小的文史杂谈，挺有趣味。我的"燕郊"虽不能和他们的"燕郊"相提并论，但丝毫不影响我的阅读和思考。

我的客居之地在燕郊东外环路东侧，隐藏在一条脏乱差的小巷里，有几次，工作累了的时候，或心情抑郁的时候，我会走出小巷，去东外环路散散步，途中会偶遇一条狗或一只猫。那条狗像极了一头狮子，体大，圆脸，毛长，大约是有谱系的名狗，但它太脏了，身体可能也不好，我看到它的几次，它都在沉沉地睡觉，眼皮都不抬一下。那只黄色的狸猫，肚子很大，它一直在一堵墙的阴沟口找垃圾吃，对生人格外警惕，目光也惊悚而慌张。我会想到微信朋友圈里那些关于猫狗的照片，它们太幸运了，摊上了好人家，有干净而温暖的小窝，有美味可口的食物，被主人"乖乖""宝贝"地叫着。这么散漫地走着，想着，就来到了东外环路上。东外环路的路况还不错，只是两边的绿化不成体统，我沿着路边的人行小道散步，小道下的枯草里，会有几棵嫩绿的野菜，格外招眼，树芽也都鼓出来了，红红黄黄的，感觉和这迟来的春天一样，在蓄势待发。向北走不多远，是司法部的一家监狱。监狱的外围墙是铁艺栅栏，透过栅栏，能看到院子里返青的绿柳和高大的杨树，杨树上挂满了一穗一穗的"小猫小狗"，远处似乎还隐约看到高墙和塔楼，那里才应该是劳教犯人的地方吧。我站在栅栏外想了想，想到了监狱里的那些人。

2

初来燕郊的第一周，就遇到了倒春寒，又连着几天冷雨，我躲在鸿儒文轩仓库的一间小楼上，心情颇不平静。一来，从北京刚刚搬迁而来，还没有适应新的环境。这种没有适应，可能和连续阴雨、寒冷的天气有关，也可能和生疏、荒凉的地域有关。二来，我还有工作在身——正在扩充、补写的这本《朱自清在西南联大》的小书，要在近期内完成。

——先来说说这本书的缘起吧。

2018 年是朱自清诞生一百二十周年和逝世七十周年。有一本名为《朱自清的完美人格》的书，原计划写作十四万字左右，没想到在整理过程中，对许多章节添添补补、修订重写，到了 2016 年 7 月完稿时，字数超出了原计划的一倍。特别是《西南联大》一章，体量明显比别的章节多出很多。2017 年春，中国书籍出版社要重新再版"流年碎影"文丛，并且决定扩大规模。这套文丛所关注的都是二十世纪二三十年代的文化精英，有鲁迅、巴金、俞平伯、张恨水、叶圣陶、沈从文、萧红等。中国书籍出版社的武斌先生知道我有这本书稿，想把全书纳入。在他的提议下，我决定以其中的一章《西南联大》为基础，进行扩充，以达到出书的规模。好在朱自清在西南联大长达九年之久，有许多生动的事迹可以写，所以春节后我一进京，便在草房温暖的"荷边小筑"里开始了紧张的工作。

一晃就到了三月下旬，因为公司仓库搬迁，我已经从"潜京"一族，摇身一变，成了张营村的外来务工人员。按说我是喜欢僻静之地的，冒着冷雨来开选题会的武斌先生也说这个地方适合做事，还预祝我能多写几部书来。怎奈这几天恶劣的天气给我带来了坏情绪，再加上我写作使用的大量关于朱自清的材料都不知被打包在哪一个纸箱里了，很犯愁去寻找，仅凭着记忆和笔记去写作，心里老是不踏实，特别是涉及时间和人物时，手头没有可查的书籍，其郁闷就可想而知了。

好在阴冷、寒湿的天气很快过去，阳光、蓝天难得维持了几日，我的心情也随之好转，文思也顺畅了，总算能安坐下来，改定了这本书稿。

3

说来也巧，在初来燕郊的这一周里，因为要编《吴小如文集》，翻阅了不少吴小如的书，《吴小如讲杜诗》《莎斋笔记》《旧时月色》《红楼梦影》《今昔文存》《读书丛札》《京剧老生流派综说》等，随翻随阅中，有几篇关于朱自清的文章很是吸引我，特别是在解读俞平伯《鹧鸪天》词的开头两句时，"良友花笺不复存，与谁重话劫灰痕"。吴小如认为，"首二句固可指先师的亡友朱佩弦先生，但也不妨理解为新近辞世的俞师母。盖'与谁重话劫灰痕'之语，指佩弦师似不甚切；因朱先生早于1948年病逝，而'劫灰痕'云者，鄙意似应指'十年浩劫'为更加贴切也"。吴小如虽然不敢肯定"良友"一定是指朱自清，但这和此前多人的解读是不一样的，颇具新意。不久后，研究俞平伯的专家孙玉蓉女士给吴小如去信，证实了吴小如的解读。孙玉蓉在信中说："'良友'确实是指朱自清先生，平老视朱自清为他的'唯一知己'。'劫灰痕'则正像您所说，是指'十年浩劫'。"接着，孙女士提示吴小如说：

> 这里有一个今典，见《俞平伯书信集》第390页，平老在1983年10月26日写给儿子俞润民的信中说："日来读《通鉴十》得一名言，前阅两次未见（当面错过）！又想起朱公昔赠我三首诗的末句'何当执手话沉灰'，此句用'昆明池有劫灰'的典故，有似趁韵。枕上忽然惊觉，这不是1966年旧寓大院中都是纸灰的实况么！可谓奇矣。本非预言，却是最明确的预言，契机所感，无心偶合，出意想之外，不可思议。近来的感想，殆无一人能知之，此类似也。"平老由读《资治通鉴》联想到朱自清赠送的诗句，又联想到1966年被抄家时的情景，而朱自清当年所赠的《怀平伯》三首的花笺也恰恰是在抄家时被焚毁的。平老思之念之无限感慨，于是便写出了这首词的首二句。

解读俞平伯《鹧鸪天》的文章有两篇，一篇是《俞平伯〈鹧鸪天〉臆说》，一篇是《俞平伯〈鹧鸪天〉补说》。我们都知道俞、朱二人情感深厚，这一点，从《鹧鸪天》开首两句来看，感受更深啊。

早在1947年，朱自清的代表作《经典常谈》刚出版时，吴小如就写了一篇书评《读朱自清先生〈经典常谈〉》，对朱自清的文风做了切实而准确的评价，"先生一向在发扬、介绍、修正、推进我国传统文化上做功夫，虽说一点一滴、一瓶一钵，却朴实无夸，极其切实。再加上一副冲淡夷旷的笔墨，往往能把顶笨重的事实或最繁复的理论，处理得异常轻盈生动，使人读了先生的文章，不惟忘倦，且可不费力地心领神会"。吴小如的这篇书评，在当年的报纸上发表后，还得到了俞平伯的夸奖，说写得平易踏实，能觉出佩弦的用心。

更让人感触的是，朱自清逝世的次日，即1948年8月13日，吴小如就开始动笔写一篇怀念朱自清的万字长稿《读朱自清先生〈诗言志辨〉》。吴小如在1984年7月写的《笔者按》里说，这篇长稿"前后共写了五十天"，而且是带着"悲愤抑塞的心情来写这篇读书札记的"。

在朱自清逝世三十一年后的1979年8月，吴小如又写了一篇《朱佩弦先生二三事》，表达对老师的怀念。吴小如在这篇文章中，透露了几件有趣的往事。1946年深秋的一个下午，吴小如考取了刚刚复员的清华大学中文系三年级插班生，请俞平伯写一张纸条去拜见朱自清，因为不认识，同坐一辆校车到了清华园，吴小如上前跟朱自清打听朱自清，这才惊喜地见到他心仪已久的老师。吴小如在清华时，听过朱自清的课，对朱自清严格课堂纪律亲历亲闻，也亲眼看到朱自清的稿件和信札，是每个字都工整清楚，一笔不苟，很少有涂改增删。一篇文章交付印厂排版，不仅字迹毫不含糊，而且无论是文章行款还是标点空格，都算得精准无误，这给编辑人员和印刷工人带来极大方便。在清华和西南联大，朱自清是出了名的严格，甚至有些刻板，《朱自清在西南联大》一书里也有记述，还因此引起一些同学的非议。但在吴小如看来，这是一个负责任的老师应有的态度，值得尊重。

4

今天，能坐在燕郊这间冷清的房间里，写一周来的心情感受，想来也是一件非常惬意的事。无论是凄厉的春寒冷雨，还是阳光下的柳绿花红，都是我们必须要经历的。因为写作《朱自清在西南联大》，我很多时候都想着朱自清和他的文章，也在读与他相关的书籍和文章。近几天，我每天都会取快递，从全国各地邮寄来的朱自清的书有十来种，《语文零拾》《语文影及其他》《新诗杂话》《经典常谈》《论雅俗共赏》《标准与尺度》《诗言志辨》等朱自清生前的自编文集，陆续来到我的案头。这些书，有的很陈旧了，有的是新印本。看着这些不知惠及过多少人的专著，我再一次心绪难平。对朱自清所处的时代和境遇，对于他所经历的磨难和艰辛，更怀深深的同情和惋惜了。

2017 年 3 月 28 日上午于燕郊张营村

《朱自清在江南的五年》题记

朱自清在《我是扬州人》里说："我家是从先祖才到江苏东海做小官。东海就是海州，现在是陇海路的终点。我就生在海州。四岁的时候先父又到邵伯镇做小官，将我们接到那里。海州的情形我全不记得了，只对海州话还有亲热感，因为父亲的扬州话里夹着不少海州口音。"

作为乡前辈，朱自清一直是我崇敬的对象，同时也很早就关注了他的作品。早在1996年，《朱自清全集》在江苏教育出版社出版的时候，我就买了一套，放在书橱最显眼又顺手的位置，随时可以取出来翻一翻，读一读，读他的文学作品、学术专著、语文随笔、古典诗词，每一次都会有不一样的感受。记得在读叶圣陶的文章

《朱佩弦先生》时，说到朱自清的作品，有这样的评论：
"他早期的散文如《匆匆》《荷塘月色》《桨声灯影里的秦
淮河》都有点儿做作，太过于注重修辞，见不得怎么自
然。到了写《欧游杂记》《伦敦杂记》的时候就不然了，
全写口语，从口语中提取有效的表现方式，虽然有时候
还带一点文言成分，但是念起来上口，有现代口语的韵
味，叫人觉得那是现代人口里的话，不是不尴不尬的
'白话文'。"读了这段话，我还特地把叶圣陶提到的《匆
匆》等三篇文章重读一遍，再对照着读《欧游杂记》《伦
敦杂记》，认真领会了叶老的评论，真是受益匪浅。当我
写作累了的时候，或要偷懒、懈怠的时候，《朱自清全
集》也仿佛会开口说话一样，用严肃的语言督促我，教
我偷懒不得。真正想对朱自清做点研究，是在 2001 年，
当时我在一家报纸的文学副刊做编辑，对于副刊知识也
了解了一些，知道许多文学大师当年的文章都是发表在
各种文学副刊上的。于是便想下点功夫，搞了几个专栏，
有特色的是"苍梧片影"等，也有整版的关于连云港名
人或地方文化的专刊。在编发这些稿件的时候，总是想
着要写一篇关于朱自清的文章，恰好文友刘成文先生也
有这个意向，我们便合作了一篇，文章的题目已经忘了，
当时发了一个整版，还配了几幅图片。文章发表后，受

到不少朋友的鼓励和好评，想再接再厉，多写几篇，为此还专门到海州老城，去寻访朱家当年在海州的居住地，寻找旧海州衙门的遗址，查相关的志书，试图从中寻找出朱自清祖父在海州做官时的蛛丝马迹。这还不算，还到处搜集关于朱自清的研究成果和相关书籍，就连扬州市政协文史委编辑的文史资料，涉及朱自清的部分，也都努力搜求。虽然后来没有继续研究，文章也没写几篇，但通过这样的工作，对朱自清又有了更多的了解，崇敬之情也加深了一层。

真正坐下来专心研究朱自清，还是在 2013 年下半年。我的所谓"研究"，实际上就是更多的阅读，包括朱自清的原始的著作（当时报刊上发表的），早年的自编文集和后来出版的各种版本的作品集，各种纪念集和他逝世后师友、学生写的种种纪念文章，同时也着手写点心得体会。由于我是半路出家，也摸不到研究的门径，所写的文章都是随笔性质的。把相关的几篇"串"在一起，便是这本小书的源起。

2018 年 3 月 2 日于燕郊